Conan Barbaari:
Toinen Osa

Erika Sanders

Sarja
Conan Barbaari osat 5-8

Synopsis

Tapaa naiset Conanin elämässä niin kuin sinulle ei ole koskaan kerrottu...

Uusien seikkailujen ja uusien voittojen jälkeen Conan ja hänen ryhmänsä palaavat kaupunkiin, jossa heidän kotinsa nyt on, Tarantiaan.

Saako paluu sinut kaipaamaan seikkailuja? Vai onko se odotettua parempi?

Tämä julkaisu sisältää osat 5-8:

5 - Yasimina

6 - Zula

7 - Cassandra

8 - Adriana

Uusi sarja, joka perustuu Robert E. Howardin teoksiin.

(Kaikki hahmot ovat vähintään 18-vuotiaita)

Huomautus kirjoittajasta:

Erika Sanders on yli kahdellekymmenelle kielelle käännetty kansainvälinen kirjailija, joka allekirjoittaa eroottisimmat kirjoituksensa, kaukana tavallisesta proosastaan, tyttönimellään.

Indeksi:

CONAN BARBAARI
TOINEN OSA
ERIKA SANDERS

LUKU V
YASIMINA

Kauppa oli kohtalaisen suuri, mutta silti monet muut naapuruston rakennukset hallitsivat sitä.

Läheisten temppelien tornit ja kupolit kohosivat läheisten kattojen yläpuolelle, mikä antoi tälle naapurustolle ainutlaatuisen luonteen.

Jopa kadut olivat suhteellisen hiljaisia, ainakin silloin, kun jumalanpalvelukset eivät olleet alkamassa tai päättymässä.

Tämä rakennus, vaikkakin parempi kuin monet muut kaupungissa, vaikutti täällä melkein mitättömältä, sen sileät kiviseinät ja koristeellinen kyltti eivät ole vaikuttavampia kuin monet muut kadulla olevat.

Conan ja Yasimina olivat täällä hankkimassa tarvikkeita ennen seuraavaa autiomaamatkaansa.

Mitään suurta kiirettä ei ollut, sillä heillä ei ollut aikomusta lähteä uudestaan ulos ainakaan pariin kuukauteen, mutta ei koskaan tiennyt milloin tarvikkeita tulisi tarpeeseen, edes täällä kaupungissa.

Kauppa, tietenkin, ottaen huomioon naapuruston, on erikoistunut uskonnollisiin tavaroihin.

Tämä oli ensisijaisesti Lady Yasiminan osaamisalue, mutta silti oli hyödyllistä saada toinen puolueen jäsen.

Itse asiassa, vaikka hän oli ohittanut myymälän aiemmin, hän ei ollut koskaan käynyt sisällä aiemmilla vierailuilla tässä tilaisuudessa.

Yasimina näytti olevan vakituinen, joten hänen oli selvästi järkevää antaa naisen puhua.

Sisällä kauppa vaikutti hieman vähemmän huomaamattomalta kuin kadulla.

Seiniä koristavat monet pyhät symbolit, ja pitkässä tiskissä oli useita erilaisia esineitä, mikä sai paikan näyttämään yhtä paljon antiikkikaupalta kuin mistään muustakin.

Siellä oli rukouspyöriä, suitsukkeita, koristeltuja purkkeja ja muutamia esineitä, joiden tarkoitusta Conan saattoi vain arvailla.

Ilmeisesti hän ajatteli, ettei hän ollut osallistunut moniin uskonnollisiin jumalanpalveluksiin.

Ainakin hän tunnisti suurimman osan seinällä olevista symboleista...

Mies tiskin takana oli keski-ikäinen ja hyvin pukeutunut laivastonsiniseen kaapuun.

Hän tervehti Yasiminaa kuin tämä olisi vanha ystävä, ja sanoi sitten huoneen takaovesta, että heillä oli asiakkaita; ilmeisesti hänen takanaan työskenteli virkailija.

"Mitä voin tehdä sinulle tänään, rouva?" Hän kysyi kääntyen rouvan puoleen.

"Etsin pyhää vettä", hän vastasi. "Käytimme viimeisellä matkallamme loppuun ja tarvitsemme lisää. Ja tietysti joitain parantavia juomianne."

"Todellakin..." kauppias sanoi, mutta Conanin huomio hajaantui keskustelun seuraavasta osasta, kun myyjä saapui.

Että se ei ollut hän, vaan hän.

Hän oli nuori nainen, kenties kauppiaan tytär, luultavasti enintään kuusitoista tai seitsemäntoistavuotias.

Hänen mustat hiuksensa vedettiin takaisin poninhännään yksinkertaisella hopeisella soljella, ja hänen eloisat vihreät silmänsä liikkuivat kahden asiakkaan välissä; Conan tunsi olevansa viipynyt pidempään, mutta ehkä vain siksi, että hän oli uusi vierailija.

Hänen ihonsa oli pehmeä ja vaaleampi kuin kauppiaalla, suuret punaiset huulet ja hyvin aistillinen suu.

Häpeämättä ja piittaamatta uskonnollisesta ilmapiiristä, jota kaupan olisi pitänyt aiheuttaa, soturin silmät vaelsivat nuoren naisen vartalolla arvioiden hänen vartaloaan.

Hänellä oli yllään tummanvihreä mekko, pääntie leikattu juuri hänen kaulan alapuolelta ja hihat pitkät ranteista; Laskuri piilotti hänen hameensa, mutta hän ajatteli, että ne olisivat pitkiä ja paljastamattomia.

Siitä huolimatta mekko ei kuitenkaan kyennyt peittämään vartalon muotoa.

Hänellä oli kapea vyötärö, vyö sidottu ympärilleen sydänjumalattaren symbolilla, ja hänen kätensä olivat yhtä ohuet.

Kuitenkin, missä vaatteet olivat pääosin epäonnistuneet, oli hänen rintojensa muodon peittäminen.

He olivat korkeita ja lujia, suuria verrattuna hänen vyötärön leveyteen; vain väljemmät vaatteet olisivat voineet peittää tämän tosiasian.

Kaiken kaikkiaan Conan tunsi, että hän tuhlaa itseään uskontoon, ja hän olisi paljon mieluummin nähnyt hänet jossain hieman paljastavammassa.

Hän käänsi huomionsa takaisin käsillä olevaan asiaan.

Kauppias valmisteli erilaisia pulloja, ja hän ja Yasimina keskustelivat eri vaihtoehtojen hinnoista.

Sikäli kuin hän tiesi, naisella ei olisi vaikeuksia hankkia temppelissä pyhää vettä, jonka Ymirin, hänen suosikkijumaluutensa ja kunnian ja sotallisen hyveen jumalan, papit siunasivat.

Mutta joskus useat vaihtoehdot olivat hyödyllisiä, ja parantavia juomia piti aina harkita muiden uskonnon elementtien ohella.

Olihan jumalia useita, ja hänen mielestään oli viisasta pitää kaikki tyytyväisinä aina kun mahdollista.

Mutta vaikka parantavat juomat olivat varmasti kiinnostavia, hänen täytyi myöntää, että vain kaksi jumalista saattoi väittää saavansa häneltä rukouksia tai uhreja... se oli Crom taistelussa ja vain Muriela, rakkauden jumalatar, oli luultavasti se yksi. Se tekisi hänestä todella tyytyväisen rauhaan.

Häneen iski ajatus, ja nähdessään, että kauppias oli kiireinen, hän kääntyi avustajan puoleen.

"Mietin, onko sinulla pieniä pyhiä symboleja", hän kysyi häneltä, "jonkinlainen riipus, kenties, ei varsinkaan yksi suurista. Jotain vain koristeellista?"

"Tietenkin", hän vastasi, "meillä on laaja valikoima uskonnollisia koruja."

"Entä jumalatar Murielalle?"

Hän oli erittäin arvostettu jumalien panteonin jäsen; Loppujen lopuksi muut temppelit kohtelivat häntä kohteliaasti, vaikka he joskus pitivätkin etäisyyttä.

Rakkaus oli tärkeä ja myönteinen osa maailmaa, olennainen voima maailmankaikkeudessa, mitä muut jumalat eivät halunneet eivätkä voineet kieltää.

Vaikka epäilin, että pääasiassa joidenkin uskonnollisempien temppelien papit olivat hieman varovaisia sen fyysisistä vaikutuksista, jopa nämä ylistettiin käsitteitä, kuten romanssi ja avioliitto.

Pienen tytön silmät laajenivat hieman, mutta hänen suunsa vääntyi hieman hymyyn.

Hän ei ainakaan ollut loukannut häntä.

"Kyllä, saamme", hän sanoi. "Voin saada jotain varastosta, jos haluat."

Hän kääntyi ympäri, pysähtyi sitten, ikään kuin hän pohtisi jotain, ja kääntyi sitten ympäri.

"Itse asiassa voisi olla helpompaa, jos tulisit kanssani ja voit valita jotain."

Hän huomasi kevyen punastuneen hänen poskillaan ja ihmetteli, mitä se tarkoitti.

Ehkä hän oli vain hieman hämmentynyt tuon jumaluuden muistosta... tai ehkä se oli jotain muuta.

"Miksi ei?" Hän kertoi hänelle katsoen Lady Yasminaa.

Hän oli ilmeisesti kuullut osan keskustelusta ja nyökkäsi ennen kuin kääntyi edessään olevan pullosarjan puoleen.

Hän mieluummin luuli näkevänsä huvittuneen, lempeän hymyn hänen kasvoillaan.

Hän ei voinut olla varma miksi, koska ei paljonkaan voinut tapahtua lyhyessä ajassa, jonka he todennäköisesti olivat kaupassa saati tämäntyyppisestä kaupasta.

"Olen muuten Jehnna", avustaja sanoi näyttäessään hänelle myymälän takaosaa, "ja sinä olet se?"

"Conan. Olen soturi."

"Se selittää, miksi en ole nähnyt sinua aiemmin. Vietät enemmän aikaa gladiaattorikorttelissa, ymmärrän sen?"

"Joo, luulisin niin", hän myönsi. Todellakin, hän oli ollut siellä juuri eilen vierailemassa asetoveriensa ja heidän koulutuskeskuksensa luona. "Onko tämä sitten perheyritys?"

"Ei, Dellos on vain isäni ystävä, mutta olen työskennellyt täällä melkein kaksi vuotta. Asun edelleen perheeni kanssa, mutta he ovat tällä hetkellä poissa, joten minulla on talo itselläni."

Hän nyökkäsi, ei varma mitä sanoa siihen.

Kävellessään hänen takanaan hän huomasi hänen lantionsa miellyttävän kaarevuuden.

Kuten hän oli odottanut, hänen hameensa oli pitkä, helma juuri hänen nilkkojensa yläpuolella ja pehmeät nahkasaappaat peittivät jopa hänen ihonsa.

Silti hänen vartalon muoto oli houkutteleva, ja hänen oli pakko palauttaa ajatuksensa ostoon.

Jehnna saavutti työpajan takaosassa olevaa vahvistettua ovea ja avasi sen paljastaen kapean säilytystilan.

Huone oli muun rakennuksen tapaan kivistä, ja sitä reunustivat toiselta puolelta kattoon asti ulottuvat puiset hyllyt.

Hyllyt olivat pinottu laatikoilla ja sekalaisia tavaroita, ja ne työntyivät ulos tarpeeksi, jotta niiden ja takaseinän väliin jäi vähän tilaa.

"Anna minun ajatella...", hän sanoi, "luulen, että ne ovat yhdellä ylimmistä hyllyistä."

Hän kiipesi tikkaille, jotka liikkuivat hyllyjä pitkin ja nosti jalkansa yhdeltä puoleltaan.

Kun hän teki niin, hänen hameensa nousi, ja hän, ilmeisen hajamielinen, koukussa sen edelleen vapauttaakseen liikkeensä.

Hän liukui taaksepäin kohotetun polvensa yli paljastaen, että hänen saappaansa olivat pohkeen mittaiset, mutta näkyi myös paljaita ihoa polviltaan ja reiden alapuolelta.

Hänen jalkansa olivat hoikat ja muodokkaat, kuten hänen muukin vartalonsa, iho kalpea, lukuun ottamatta pientä luomaa, jonka hän nyt näki hänen reiden sisäpuolella.

Conan nielaisi, mutta tällä kertaa hän ei katsonut pois.

"Näetkö jotain mistä pidät?" Hän kysyi, ja nyt hän oli melkein varma, että hän vitsaili, koska hän ei ollut vielä näyttänyt hänelle koruja.

"Ehkä", hän sanoi välinpitämättömästi.

Ehkä jos Jehnna ei olisi niin uskonnollisesti sitoutunut kuin hänen vanhempansa luulivat... tämä voisi olla mielenkiintoista.

"En tiedä Murielasta paljoa", hän sanoi, ilmeisesti edelleen etsiessään laatikoita, "mitä teet jumalanpalveluksissanne?"

Hän vastusti kiusausta vastata, ettei se ollut sitä mitä hän luulisi.

"Se ei todellakaan eroa muista jumaluuksista", hän sanoi, "me kiitämme jumalattaren anteliaisuudesta, teemme uhrauksia kauniiden esineiden eteen. Ne kulkevat ruusuvettä puhdistukseen, sellaista asiaa."

Tietenkin, joskus jumalanpalveluksia seuraavat sosiaaliset kokoontumiset voisivat olla eri asia, hän ajatteli hiljaa, hänen katseensa ottaessa yhä hänen jalkojensa ja vartalonsa muotoa.

"Uskotko rakkauteen kaikkia kohtaan, eikö niin? Se on vähän outoa seikkailijalle... vai etkö ole Lady Yasiminan kanssa?"

"Jumalatar opettaa, että rakkaus on side, joka pitää maailmankaikkeuden koossa, kyllä. Ja Lady Yasimina on kollegani, mutta hän ei ole palvoja. Se ei varmaan sovi naiseksi olemisen kanssa. Naiset rakastavat Hyvän voima, ja he rakastavat yhteisöjään, mutta he kanavoivat sen eri suuntiin kuin Murielan seuraajat."

Hän ei vastannut hänen toiseen kysymykseen; Totuus oli, että se oli osa hänen identiteettiään, ei ristiriidassa hänen seikkailunhaluisen uransa kanssa, mutta se ei todellakaan auttanut häntä siinäkään suhteessa.

Hänellä ei ollut pasifistisia taipumuksia liittyäkseen jumalattaren pappeuteen.

"Ja mitkä osoitteet ne ovat?" hän kysyi, kun hän poimi laatikon yhdeltä korkeammalta hyllyltä ja käveli takaisin lattialle hameen putoaessa jälleen hänen nilkkojensa ympärille.

Conan ei vastannut heti, vaan ajatteli, kuinka muotoilla vastauksensa.

Flirttailiko hän hänen kanssaan vai olivatko kysymykset todella viattomia?

Jos, kuten näytti todennäköiseltä, se todella oli edellinen, kuinka vahvasti hänellä oli varaa vastata?

Onneksi jumalattaressa oli monia puolia.

"Uskomme ennen kaikkea romanttiseen rakkauteen. Edistämme tietysti avioliittoa, kunhan se tapahtuu rakkaudesta, ei rahasta tai sosiaalisesta edistymisestä. Emme kuitenkaan pyri rajoittamaan ihmisten välistä rakkautta, ja siihen voi olla monia tapoja saavuttaaksesi tämän vastaamalla kysymykseesi".

Hän levitti laatikon ja avasi sen paljastaakseen sarjan pieniä riipuksia, amuletteja ja rannekoruja, jotka kaikki oli koristeltu jumalattaren symbolilla.

Suurin osa niistä oli selvästi tarkoitettu naisille, käytettäväksi koruina, mutta pian hän valitsi pienen hopeapalan hienoon ketjuun.

Kun hän piti sitä, hän lisäsi viimeisen kommentin siltä varalta, että hän sai väärän käsityksen.

"Tietenkin keskinäinen suostumus on kaiken tekemisemme ytimessä. Ilman sitä se ei ole rakkautta."

Hän asetti laatikon vapaaseen tilaan yhdelle alemmista hyllyistä.

"Tietenkin", hän sanoi hieman hymyillen.

Hän käveli hänen ohitseen ja suuntasi ovea kohti.

Ahtaassa tilassa hänen lantionsa koskettivat hänen vartaloaan, ja sitten hän pysähtyi kääntyen katsomaan häntä.

Hänen rinnansa painuivat hänen rintaansa vasten; Jopa niin ahtaassa varastossa hän epäili, että hän teki sen enemmän kuin oli ehdottoman välttämätöntä.

Muutto ei todellakaan ollut sattumaa.

"Sinun pitäisi kertoa minulle enemmän", hän sanoi, hänen kasvonsa tuuman päässä hänen rubiinihuulistaan kutsuen suudelmaan. "Mutta ei nyt, ystäväsi odottaa. Ehkä voit tulla luokseni tänä iltana."

Hän antoi hänelle osoitteensa, ja Conan suostui tulemaan.

Tämä oli yllättävä ja erittäin miellyttävä käänne...

* * *

Kun hän avasi oven hänen koputukseensa, hän oli edelleen pukeutunut samoihin vaatteisiin kuin kaupassa.

Tällä kertaa hän ei teeskennellyt, ettei hän pitänyt katsettaan naisen vartalossa.

Ei ollut epäilystäkään siitä, että hän oli nätti, ja jopa talon lampun valossa hän näki, että hän oli punastunut ja hänen poskillaan oli karmiininpunainen punaisuus.

Hän näytti melkein hermostuneelta, ja hän ihmetteli, oliko hän tehnyt jotain vastaavaa aiemmin.

Ehkä ei; Hän oli sanonut, että hänen vanhempansa olivat kaukana, joten ehkä hänellä oli harvoin tällainen tilaisuus.

Hän ei todennäköisesti tullut usein esiin, missä hän työskenteli, ja hän oli hyvin nuori nainen.

Ei luultavasti neitsyt, niin rohkea kuin hän lopulta oli ollut, mutta ei myöskään kovin kokenut sellaisissa asioissa.

Loppujen lopuksi hän oli silti pukeutunut siveästi.

"Tule sisään", hän kuiskasi ja katsoi ympärilleen varmistaakseen, ettei kukaan muu näe heitä.

Hän astui nopeasti sisään, ja hän sulki oven perässään nojaten sitä vasten, hänen silmänsä vaelsivat nyt hänen omassa kehossaan.

"Muriela uskoo vapaaseen rakkauteen, eikö niin?"

Conan hymyili.

"Luulen, että tiedät sen hyvin. Monet tekevät mieluummin kompromissin, mutta toistaiseksi se ei ole ollut minun tapani. Joten, Jehnna...", hän sanoi, eikä salannut katsovansa hänen rintojensa nousua ja laskua. mekon alla: "Mistä teologian erityiskohdista haluaisit keskustella?"

"Jotkut... uskonnollisista teoistanne ovat kuulemani melko fyysisiä", hän sanoi käheäksi. "Kokeakseni panteonia enemmän, mielestäni minun pitäisi todella kokeilla joitain niistä. Ishtar, sydämen jumalatar on minulle erittäin tärkeä, mutta kaikki jumalat ovat sukua, ja muita on palvottava silloin tällöin. , Etkö usko?"

"Se on totta", hän myönsi, "ja Muriela on Ishtarin tytär. Mitä tulee fyysisiin antaumuksiin, ne eivät sinänsä kuulu uskonnollisiin jumalanpalveluksiin. Mutta ne ovat silti palvontatoimia, ja nyt minusta tuntuu. tunneilla jumalanpalveluksessa tänä iltana. Entä sinä?

Hän liikkui häntä kohti, ja tämä astui suoraan hänen syliinsä.

"Kyllä, palvonta on hyvää", hän huokaisi, "intensiivistä, fyysistä, palvontaa."

Hän halasi häntä ja suuteli hänen punaisia huuliaan, tunten hänen kielensä liukuvan hänen kielensä ohi.

Hänen huulensa olivat suuret, täyteläiset ja aistilliset, ja hänen suudelmansa oli intohimoinen, vaikka hänellä ei näyttänyt olevan paljon harjoittelua.

Ei todellakaan neitsyt, hän päätti, mutta luultavasti suhteellisen kokematon.

Mutta hän oli vakuuttunut siitä, että niin ei enää olisi yön jälkeen.

Hän vetäytyi hänen suustaan hengittäen raskaasti.

Hänen rinnansa olivat painuneet hänen rintaansa vasten, ja hänen kätensä olivat jo kietoutuneet hänen ohuen vyötärönsä ympärille, kun taas hän kietoi kätensä hänen kaulan ympärille.

Hän melkein huohotti, vihreät silmät suuret odotuksesta.

"Makuuhuone on yläkerrassa", hän onnistui, ja sanat putosivat toistensa päälle.

Hän nyökkäsi ja kurkotti sitten alas nostaakseen hänet polvien alle pitäen häntä rintaansa vasten, kun hän suuntasi kohti portaita ja meni ylimpään kerrokseen.

He suutelivat uudelleen saapuessaan tasanteelle, hän kantoi häntä edelleen sylissään.

Hän nyökkäsi kohti yhtä ovea, ja hän työnsi sen auki kyynärpäällä.

"Hetkinen", hän sanoi yhtäkkiä, "luulen, että Ishtarin pitäisi odottaa ulkopuolella."

Hän rypisti kulmiaan tietämättä, mitä nainen tarkoitti, mutta hän vastasi hänen kysymykseensä kurottaen kätensä irti hänen vyönsä, jossa oli hänen jumaluutensa pyhä symboli.

Hän auttoi häntä vapauttamaan sen ja pudotti sen sitten niin varovasti kuin pystyi käsivarret pidettyinä pienelle pöydälle oven vieressä.

"Toivottavasti hän ei välitä kuunnella", hän sanoi ja sai Jehnnan punastumaan uudelleen, ja sitten hän kikatti.

Hän astui huoneeseen, sulki oven jalkansa takana ja antoi lopulta sen pudota lattialle.

Hän tarttui välittömästi hänen paidaansa, veti sen ulos housuistaan ja liu'utti kätensä sen alle hyväillen hänen vatsaansa.

Hän veti häntä eteenpäin toista viipyvää suudelmaa varten, kun hänen kätensä tunkeutui hitaasti sisään ja tunsi hiuksia hänen rinnallaan.

He syleilivät, Jehnnan käsivarsi nyt hänen selkänsä ympärillä, kun hän piti hänen kapeaa vyötäröään, työnsi hänen lantiotaan kohti omaansa ja painoi kasvavaa erektiota hänen vartaloaan vasten.

Hän vetäytyi hieman taaksepäin, nosti sitten molemmin käsin hänen paitansa ja avasi nopeasti hänen viittansa napit.

Hän auttoi häntä heittäen vaatteet kasaan matolle.

Hän hymyili, hänen silmänsä vaelsivat hänen paljaalla vartalollaan, ja sitten hän juoksi taas pienillä käsillään hänen ylitse tuntien hänen muodon ja lujuuden.

Jos seikkailijana olemisessa oli yksi etu, hän pohti, se oli se, että se piti hänen ruumiinsa paremmassa fyysisessä kunnossa kuin useimmat muut soturit onnistuivat.

Silti Jehnna ei liikahtanut sänkyä kohti, vaan painoi vartaloaan tätä vasten saadakseen uuden suudelman.

Hän oli edelleen täysin pukeutunut, kangas pehmeä ja samettinen hänen ihoaan vasten.

Tuo mekko oli nyt este, joka piilotti melkein koko hänen vartalonsa hänen näkyviltään.

Hän suuteli hänen kaulaansa pitäen edelleen hänen vyötäröänsä ja pureskeli hänen korvaansa.

Hän nosti kätensä ylös hänen pienestä selästään ja löysi siteet, jotka pitivät mekon yhdessä takana.

Niitä oli useita, tiukoilla nauhoilla, mutta hän oli tottunut sellaiseen, purki ne yksitellen ja tunsi hänen kevyen puuvillan liukumisen sormillaan vihreän mekon alle.

Hän siirsi suudelmansa hänen leukaan ja sitten takaisin niille mehukkaille punaisille huulille, menettäen itsensä sillä hetkellä, kun hän erotti viimeiset siteet.

Hän ei halunnut pilata mekkoa, joka näytti olevan tehty arvokkaasta kankaasta, joten hän astui taas pois hänestä ja piti häntä käsivarsien pituussuunnassa viimeisen katseen ajaksi, kun hän oli vielä täysin pukeutunut.

Hänen hiuksensa olivat nyt hieman sotkuiset, muutama löysä säike putoaa hänen silmiensä eteen, vaikka pidike piti hänen poninhäntänsä paikallaan.

Hän hengitti raskaasti, hänen suunsa auki, hänen silmänsä kiinnittyneenä miehiin, ikään kuin olisi epävarma siitä, mitä tehdä seuraavaksi, mutta innokas tekemään sen siitä huolimatta.

Hän lähestyi varovasti hänen olkapäitään ja veti mekkoa niitä kohti, jolloin hän pääsi vapauttamaan kätensä tiukista hihoista ja liu'utti sen sitten kylkiinsä lepäämään lantiollaan.

Alla hän käytti yksinkertaista valkoista lippalakkia, joka päättyi hieman polvien alapuolelle, eikä siinä näkynyt liikaa dekoltee.

Hihat olivat lyhyet, juuri hänen olkapäiden ohitse, ja hän juoksi sormella toista käsivartta pitkin ja tunsi naisen paljaan ihon omaansa vasten.

Hän piti hopeista riipusta kaulassaan rintojensa yläkaaria vasten.

Hän tunnisti sen yksinkertaistetuksi versioksi Ishtarin symbolista ja päätti vyön jälkeen olla mainitsematta sitä hänelle.

Sydämen jumalatar sai lapsia.

Hän ei voinut loukkaantua hänen käyttämästä menetelmästä.

Hän lepäsi kätensä hänen rintaansa vasten, kun hän liukui kätensä hänen vyötärölleen vielä kerran.

Hän liikkui ylös, slipin puuvilla pehmeä hänen kämmeniään vasten, ja hänen ruumiinsa lämpö tuli ilmeiseksi hänen kauttaan.

Hän kurkotti hänen rintojaan ja kupahti niitä kankaan läpi.

Hän tunsi hänen nännit kovettuvan hänen kosketuksensa alla, ja hän katsoi ylös nähdäkseen tämän punastuvan jälleen.

Hän veti hänet lähellensä vielä kerran, ja he halasivat kiihkeästi, hän suuteli hänen kasvojaan ja hän juoksi toisella kädellä hänen hiustensa läpi (hänen poninhäntä karkeutui hänen tehdessään) ja toisella hänen selkäänsä.

Hänellä oli hyvin pieni vartalo, lukuun ottamatta niitä rintoja, jotka nyt puristettiin jälleen hänen rintaansa vasten.

Nuori, hoikka ja viehättävä nainen.

Hän liu'utti mekon hänen lantioltaan ja antoi sen pudota luonnollisesti lattialle.

He ohittivat mekon ja siirtyivät lopulta sänkyä kohti.

Conan riisui kenkänsä ja jätti hänet sängylle ennen.

Erotessaan jälleen, mutta tällä kertaa hän makasi ja mies seisoi, Conan katsoi alas hänen puolialastoon vartaloonsa, samalla kun hänen silmänsä ajautuivat hänen vatsaan ja sitten alas, hänen housujensa alla olevaan pullistumaan.

Slip oli lyhyempi kuin pitkä mekko, mutta hänen pohjepituisten saappaidensa vuoksi vain polvet paljastivat.

"Anna minun nähdä, mitä jumalattarella on tarjottavanaan", hän sanoi ja nosti lippaan helman lantioilleen.

Sen alla oli leveät, epäseksikkäät ja melko vaatimattomat puuvillalaatikot, jotka ulottuivat reiden puoliväliin.

Muistellen, mitä kaupassa oli tapahtunut, hän oli ilmeisesti tarttunut hameisiinsa, koska hänellä oli yllään paljon vaatteita.

No, siellä oli niin paljon alusvaatteita, koska hänen olisi mukava käyttää niitä siellä.

Hän nyökkäsi hänen päänsä tytölle, ja hän kohotti kätensä ja antoi hänen vetää lippaan päänsä yli ja tarttui poninhännästä hetkeksi ennen kuin heitti vaatteet mekkonsa viereen.

Nyt hän oli pukeutunut vain laatikoihinsa ja saappaisiinsa, ja hänen täytyi myöntää, että kannatti katsoa häntä hetken niin pukeutuneena.

Hänen nuori vartalonsa oli hyvin tiukka ja ohut, kuten hän oli tuntenut hyväilleessään häntä, hänen kylkiluidensa näkyivät selvästi hänen rintakehän sivuilla.

Hänen ihonsa oli vaalea ja ruusuinen, ilmeisesti harvoin nähnyt aurinkoa, ja viileä ja pehmeä kosketukseen.

Hänen vyötärön hoikkaus korosti hänen kiinteät, nuorekkaat rintansa, jotka osoittavat ylöspäin, hyvin pystyssä ja hyvin pyöristyneitä.

Hänen nännit olivat vaaleanpunaiset, ja ne työntyivät esiin innokkaasti.

Hän juoksi kätensä jokaisen rinnan yli, tuntien niiden kylmyyttä, ja sitten puristi hänen oikean nännin kahden sormensa välissä.

Riipus putosi nyt hänen dekolteensa yli, eikä hän tehnyt mitään muistuttaakseen häntä sen läsnäolosta.

Hän kumartui alas ja suuteli toisen rinnan sileää yläosaa ja sitten toista.

Hän liikkui nuollakseen hänen meheviä nännejä, mutta ennen kuin hän ehti, hän kumartui alas ja suuteli hänen rintaluunsa pohjaa.

Hän seisoi paikallaan, liikkumattomana, nauttien tunteesta, että hänen rintansa hyväilivät hänen vatsaansa, mutta hän alkoi liikkua alas ja irrottaa hänen pikkuhousunsa kiristysnauhan.

Melkein hätäisesti hän laski ne, niin että hänen kukkonsa pääsi vapaaksi.

He seisoivat siellä hetken, hän pohti, mitä hän tekisi seuraavaksi.

"Ymmärrän, että tämä on jumalattaren lahja minulle?" Hän kysyi pehmeällä äänellä ja hieman pilkkaavalla äänellä.

Hän katsoi häneen, ja hän nyökkäsi hiljaa.

"Sitten minun pitäisi palvoa häntä alttarilla", Jehnna vastasi.

Hän laittoi lempeän kätensä kummallekin lantiolle ja kehotti häntä tekemään niin, ja hän käänsi häntä ympäri, kunnes hän oli kasvot poispäin sängystä.

Hän riisui housunsa nilkoistaan ja totteli makaamalla alasti selällään hänen edessään.

Hänen silmänsä kiinnittyivät hänen erektioonsa, kun hän veti muutaman rauhoittavan hengenvedon.

Sitten hän polvistui sängyn eteen, nojasi päänsä eteenpäin ja antoi hellästi suudelman hänen kukkonsa tyveen.

Hän katsoi ylös häneen, hän näki vain hänen kasvonsa tästä kulmasta, kapeat poskipäät, tummat hiukset, suuret vihreät silmät ja aistilliset punaiset huulet.

Sillä hetkellä sillä tosiasialla, että hän ei nähnyt hänen muita osia, ei ollut hänelle pienintäkään väliä.

Hän erotti huulensa ja juoksi kielellään hänen kukkoaan pitkin, maisteli hänen pallojaan ja siirtyi sitten hänen kukkonsa päätä kohti.

Hän huokaisi syvään ja nousi kyynärpäilleen katsoen hänen kasvojaan.

Hän vaikutti epävarmalta, mutta näytti siltä, ettei hän tarvinnut neuvoja, mitä tehdä seuraavaksi.

Hän suuteli hänen kukkoaan, kohotti toisen kätensä kuppiakseen hänen pallojaan, hieroen niitä pehmeillä sormillaan.

Sitten hän veti hänen esinahansa taaksepäin paljastaen kimaltelevan pään ja suuteli sitä märillä huulillaan.

Nojautuessaan eteenpäin, Jehnna avasi suunsa ja upotti hänen kukkonsa pikkuhiljaa.

Huuto karkasi hänen huuliltaan, ja hän katsoi ylös häneen kutitellen hänen pallojaan kädellään.

Hän liukui hänen erektionsa sisään ja ulos, juoksi kielellään hänen kukkonsa varren yli, voiteli sitä samalla kun hän jatkoi kiusaamista sormillaan.

Aluksi hän oli hidas, mutta hän alkoi kiihdyttää vauhtia, välillä pysähtyen vapauttamaan sen ja sitten työntäen sitä uudelleen.

Hänen hiustensa poninhäntä heilui hänen selkäänsä vasten, ja hänen hännän säikeet putosivat hänen vatsansa ja lantionsa yli.

Hänen vapaa kätensä ojensi hyväillen hänen kylkeään ja tunsi hänen vatsansa kovuuden.

Hänen vihreät silmänsä lukittuivat hänen silmiinsä, hänen ilmeensä oli epävarma ja hieman hermostunut, aivan kuin hän ei olisi varma, tekikö sen oikein.

Mutta sellaista epäilystäkään soturin mielessä ei ollut.

Hänen huulensa ja suunsa olivat makeat, pehmeät, ja ne saivat hänet hulluksi; Conan tiesi, ettei hän kestäisi paljoa enempää tätä hyväilyä hänen kielellään ja suullaan, ja hän pohti, haluaisiko hän, että hän kumartaa hänen suuhunsa.

Sen tunne oli huumaava, samoin kuin voimakas epäilys, ettei hän ollut koskaan tehnyt tätä nimenomaista asiaa aiemmin.

Hänen oma hengityksensä oli nyt kovaa ja nopeaa, kun hän yritti estää itseään huipentumasta liian aikaisin.

Vai halusiko hän maistaa hänen maitoa?

Hän ei voinut olla varma.

Hän otti viimeisen kulauksen, työnsi hänen kukkonsa niin pitkälle suuhunsa kuin pystyi ja päästi sitten sen irti, ja hänen sylkensä kimmelsi nyt koko pituudeltaan.

Hän nuoli sormea ja hymyili hänelle, hampaat valkoiset.

Hän nousi seisomaan, ja hänen katseensa siirtyi ensin hänen rintoihinsa ja sitten niihin pitkiin pikkuhousuihin, jotka olivat vielä hyvin piilossa hänen näkyviltään.

Ilmeisesti hänellä oli ollut sama ajatus, koska hän yhdellä liikkeellä veti ne alas ja kaatui sängylle hänen viereensä.

Hänen tumma pensaansa oli harva, melkein karvaton, ja hän näki muutaman kosteuspisaran hänen jalkojensa välissä.

Imeminen hänen kukkonsa oli kääntänyt hänet syvästi, näytti siltä.

Sen parempi, hän ajatteli, kohotti kätensä tämän leukaa vasten ja suuteli häntä vielä kerran, heidän kielensä kietoutuneena, hänen kukkonsa maku vielä hänen suussaan.

Hän puristi hänen rintojaan nauttien niiden nuorekkaasta kiinteydestä.

Tällä kertaa hän antoi hänen suudella häntä siellä, imemällä vasenta nänniään kielellään, hieroen sitä kielellään ja avaten sitten suunsa painaakseen niin paljon rintaansa häneen kuin pystyi.

Hän voihki ja vääntelehti hänen alla, kun hän siirtyi hänen toiseen rintaansa.

Hän vapautti naisen rinnat ja asetti pienen suudelman uskonnollisen riipuksen viereen rohkaisemalla tämän vastaamaan.

Hän huokaisi, ikään kuin hän olisi yhtäkkiä tajunnut sen, mutta sitten hän yksinkertaisesti otti hänen päänsä käsiinsä ja suuteli häntä intohimoisesti.

"Toivon, että jumalatar pitää tämän näkemisestä, vaikka se ei ole tapa tehdä lapsia", Conan sanoi ohjatessaan Jehnnan päätä takaisin hänen kukkoansa kohti.

Jehnna katsoi häntä huvituksen ja irstauden välissä, kun hän taas imi hänen kalunsa suuhunsa ja juoksi kättään taas hänen pallojensa väliin.

Nyt hän oli varma, että halusi sen päätyvän hänen suuhunsa.

Hän tunsi, että uusi suihin, jonka Jehnna antoi nyt pysähtymättä, sai hänet kumartumaan milloin tahansa ilman parannuskeinoa.

Hänen suunsa imu oli yhä nopeampaa ja taukottomana, ja hänen pallojen hyväilystä tuli hänelle yhä hauskempaa.

Ja hän katsoi jatkuvasti hänen silmiinsä, kun hän imi häntä pois, mikä sai hänet vieläkin enemmän syttymään.

Hän tunsi cum alkavan nousta ylös hänen kukkonsa varresta ja Jehnnan suuhun.

Hän on täytynyt tuntea sen myös kädellä hänen pallollaan, koska hän lakkasi koskettamasta niitä ja keskittyi vastaanottamaan hänen maitoa, piti hänen kukkoaan nyt molemmin käsin ja lopetti sen imemisen avatakseen suunsa leveästi ja päästääkseen siemennesteen pudota sisäänsä.

Hän tunsi kuinka hän tyhjensi itsensä kokonaan kielelleen, suuhunsa ja osalle kasvojaan.

Hän nojautui taaksepäin katsomaan hänen nielevän siemennesteen, kun osa maidosta valui hänen huulilleen ja hänen kauniille rinnoilleen.

Hän nuoli huuliaan hymyllä, joka oli jossain tuhman ja irstaisen väliltä, mikä alkoi saada hänet taas kiihtymään.

Hän huomasi, kuinka hänen kalunsa kovetti jälleen.

Niinpä hän liukui kätensä jalkojensa väliin ja huomasi, kuinka toinen suihinotto oli tehnyt hänestä vieläkin kosteamman kuin ennen.

Hänen pillunsa oli melkein kastunut mehuista ja oli lämmin ja kutsuva ja pehmeä hänen kosketukseensa.

Hän oli valmis, valmistautunut viimeiseen antautumisen tekoon.

Hän nousi sängystä ja katseli hänen kiertyvän selälleen, hänen katseensa hieman kyselevänä.

Hän huomasi, että hänellä oli edelleen jalassa saappaat, ja pehmeä ruskea nahka peitti suurimman osan hänen pohkeistaan.

Sillä ei ollut väliä.

Hän levitti hänen jalkansa ja liukui hänet sängyn reunalle.

Hän kurkotti alas ja juoksi sormella hänen pillunsa yli jakaen pehmeät huulet ja näki sisällä olevan vaaleanpunaisen kosteuden.

Hän haukkoi henkeään, hänen vartalonsa vapisi, ja hän tarttui hänen reisiinsä nostaen hänen pakaroitaan.

Hänen jalkansa leviävät hänen rinnalleen, saappaat hänen harteillaan, pillunsa leviävät hänen eteensä.

Äkillisellä liikkeellä hän työntyi sisään ja sai tämän huutamaan nautinnosta.

Uudelleen ja uudelleen hän työnsi, pitäen naisen reidet tiukasti vartaloaan vasten.

Hän voihki ja huokaisi, hänen lantionsa pumppasivat vastauksena hänen työntöihinsä, hänen rinnansa pomppivat edestakaisin hänen ponnistelunsa voimalla.

Hän jatkoi työntäen kovemmin ja alkoi voihkia nyt, kun Jehnnan huudot täyttivät huoneen.

Hänen silmänsä olivat auki, keskittyen hänen rintaansa, kun hän jatkoi liikkumistaan, riipus makasi nyt kyljellään hänen intohimonsa hien kiinni.

Viimeisellä iskulla hän törmäsi hänen pilluaan huutaen hänen nimeään, kun hänen kuuma siemenensä valui häneen.

Hänen koko kehonsa kouristeli, kun hänen emättimensä supistui, ja hänen orgasminsa aallot rakensivat hänen ylleen.

Murielan suurin lahja ihmiskunnalle.

LUKU VI
ZULA

"Ne viittaavat suureen uhkaan kaupungille", Valeria sanoi ja asetti vanhat kääröt pöydälle.

He tapasivat tontun pyynnöstä huvilan ruokasalissa.

Conan tajusi nopeasti, että hänellä oli jotain tärkeää kerrottavaa heille, jotain mitä hän oli äskettäin löytänyt joistakin muinaisista asiakirjoista.

Mutta hänen mielestään oli liian aikaista lähteä uudelle tutkimusmatkalle.

He olivat juuri palanneet viimeiseltä.

Jotkut seikkailijat viettivät koko elämänsä tutkien muinaisia raunioita, mutta se ei ollut tapa elää elämää.

Mitä järkeä oli ansaita niin paljon rahaa ja aarretta, jos sinulla ei koskaan ollut aikaa kuluttaa ja nauttia siitä?

Tietysti oli ihmisiä, jotka olivat täysin omistautuneet taistelemaan pahaa vastaan, jotka eivät koskaan levänneet taistelussa, ja se oli ihailtavaa, mutta hän ei ollut pyhä soturi.

Hän oli kuitenkin varma, että Valeria ei kutsuisi heitä ilman hyvää syytä, ja hän oli halukas kuuntelemaan, mitä hänellä oli sanottavaa.

Tonttuvelho oli älykäs, uskollinen ystävä, eikä joku, joka hyppäsi seikkailuihin holtittomasti.

Jos hän piti jotain tärkeänä, se luultavasti oli sitä.

Ja uhka kaupungille, hänen täytyi myöntää, olisi varmasti iso juttu.

Ja Valeria oli älykkyyden lisäksi myös todella kaunis, ja jos hän olisi ollut joku muu, hän olisi tehnyt kaikkensa nukkuakseen hänen kanssaan kauan sitten.

Mutta oli sanomattomia sääntöjä, joita hän piti viisaana noudattaa.

Hän ei ollut koskaan nukkunut toisen ryhmän jäsenen kanssa, eikä aikonutkaan.

Se aiheuttaisi liian monia komplikaatioita ja jopa riskejä, kun otetaan huomioon heidän vaarallinen ammattinsa.

Maailmassa oli paljon enemmän naisia, ja hän oli alkanut ajatella ryhmää melkein kuin omaa perhettään.

"Ne ovat kertomus joukosta seikkailijoita satojen vuosien takaa", Valeria selitti, "mutta valitettavasti ne ovat epätäydellisiä. Joitakin karttoja on, mutta ei tietoa siitä, missä niissä näkyvät paikat tarkalleen voisivat olla. sen lisäksi, että ne ovat maan alla, jossain tämän kaupungin alla."

Conan nyökkäsi.

"Nykyinen kaupunki on rakennettu paljon vanhemman raunioille, se on totta. Mutta siitä ei ole paljon jäljellä, eikä juuri mitään maan päällä. Kuitenkin, kun otetaan huomioon, kuinka kauan Tarantia on ollut täällä, kaikki sen alla on ollut. on tutkittu täysin kauan sitten."

"Ehkä niin", vastasi Valeria, "mutta entä jos jotain muutetaan myöhemmin? Muinaisten raunioiden sellaisena kuin ne ovat, on täytynyt sinetöidä. Emme tietäisi niistä paljoakaan. Tämä ei tietenkään ole varmaa. Se on. Matkalla maaliin on luultavasti paljon, mutta se ei välttämättä tarkoita, etteikö siellä olisi mitään. Ja kyllä, nämä vanhat seikkailijat löysivät jotain. Ei ole oikein selvää, mikä se on, paitsi että se näyttää olevan houkutella hirviöitä ja aivan kuten osoittaa, tai niin he uskoivat, jos hänestä tulee tarpeeksi voimakas, hän nousisi syvyyksistä ja valloittaisi kaupungin. Luulisin heidän tarkoittavan jotain helvetistä, se on mitä todennäköisimmin, mutta asiakirjat olivat epätäydellisiä sellaisina kuin ne ovat, se on vain arvaus. Oletus."

"Mutta hän ei ottanut kaupunkia haltuunsa", Zula huomautti, "tai emme olisi täällä. Mikä ongelma?"

"Ei, hän ei tehnyt, koska he pidättivät hänet. Mutta mitä voin kertoa, he eivät tappaneet häntä, he vain sinetöivät hänet johonkin, jonkinlaisiin osastoihin estääkseen hänen pakenemisen. Mikä heidän näkökulmastaan oli enemmän kuin tarpeeksi. "Mutta loitsut eivät kestä ikuisesti, ja puolueen taikuri näytti ajattelevan, että ne heikkenevät muutaman vuosisadan kuluttua. Mikä tuo meidät tähän päivään."

Yasimina, joka varmasti piristi tätä, nojautui eteenpäin istuimellaan.

"Luuletko, että uhka voi aktivoitua uudelleen nyt vai hyvin pian?" Sitten hän pysähtyi hetkeksi ja rypisti kulmiaan hieman: "Mutta miksi et selitä tätä selvästi? Jos lukisin demonin kaupungin alla sijaitsevaan kryptaan ja tietäisin, että se karkaa, jopa viidensadan vuoden sisällä, lähtisin varmasti pois. erittäin selkeä varoitus tuleville sukupolville eikä sano, että jossain maan alla on piilotettu vaara.

Valeria huokaisi: "Olen samaa mieltä, ja pelkään, että jälleen kerran asiakirjojen epätäydellisyys tekee vaikeaksi sanoa, miksi he eivät tehneet sitä. Selvästi he kärsivät monia uhreja, näyttää siltä, että vain kaksi heistä selvisi hengissä , mukaan lukien tämän päiväkirjan kirjoittaja. Minulla on kuitenkin sellainen vaikutelma, että heidät on saatettu karkottaa kaupungista ilman, että he olisivat voineet jättää minkäänlaista selkeää varoitusta, paitsi tätä."

"Hyvä on", Yasimina sanoi yhtäkkiä ryhtyessään liiketoiminnaksi, "oletetaan, että uskomme tämän tarinan. Ilmeinen toimintatapa olisi varoittaa viranomaisia. Toivottavasti he palkkasivat meidät käsittelemään uhkaa, ja me saamme siitä paljon enemmän tukea." tavalla kuin tekisimme sen yksin. Ja nähdäkseni ei ole selvää syytä, miksi meidän pitäisi käsitellä tätä yksin. On vaikea ajatella, että tämä voisi olla tyypillinen tutkimusmatka Mutta jos he jättävät meidät huomiotta, meidän on ajateltava toisin. toinen lähestymistapa."

"Emme voi tehdä sitä", Valeria sanoi pudistaen päätään, "tämä asia, oli se sitten mikä tahansa, pystyi vaikuttamaan koko kaupungin ihmisiin. Täällä on kirjoitettu kohtia, joissa sanotaan, että seikkailijat ottavat suuren riskin jopa kun he ovat ylhäällä kaupungissa, koska olennon palvelijat tiesivät heistä ja ryhtyivät toimiin. On ilmeistä, että tuolloin nämä palvelijat olivat jopa kaupungin hallituksessa. Nyt se ei ehkä ole niin, että Tämä on saattanut tapahtua vain tällä kertaa tai se on levinnyt laajalle, ja kaupungissa on edelleen piilotettuja palvelimia. Emme kuitenkaan voi tietää varmasti, joten mielestäni meidän pitäisi pitää tämä mahdollisimman piilossa, kunnes tiedämme enemmän Mielestäni "Meidän on tutkittava tätä, ja ennemmin tai myöhemmin, ja mitä vähemmän ihmisiä tietää tästä, sitä parempi."

Yasimina nojautui takaisin tuoliinsa syvään ajatuksiinsa.

Conan päätti, että oli parasta antaa hänen ajatella.

Hän oli ryhmän johtaja, ainakin hiljaisesti, ja hän kunnioitti hänen päätöksiään.

Lopulta paladiini puhui.

"Voimme tutkia, kuten sanot. Aloitetaan selvittämällä, kuinka päästä kaupungin alla olevaan. Voimme tehdä sen ilman, että ihmiset saavat tietää todellisesta tarkoituksestamme. Onko kenelläkään ehdotuksia mistä aloittaa?"

"Se on mahdollista", sanoi Snagg, puhuen ensimmäistä kertaa, "minä..."

* * *

Kävi ilmi, että Zulaa ei tarvittu tiedonhakutehtävän ensimmäisessä osassa.

Niinpä hänellä oli vapaa iltapäivä edessään ja kun hän oli aiemmin miettinyt kaupungin luolia ja kuumia lähteitä, hän päätti käydä kylvyssä.

Hän antoi Snaggin ja muiden suunnitella toiminnan, hän otti hetken vapaata rentoutuakseen.

Hän astui huoneeseensa ja sulki salvan yksityisyyden vuoksi.

Heti kun hän teki, muistot tuosta illasta ei kauan sitten täyttivät hänet uudelleen.

Yakin oli tuolloin muualla huvilassa, ja sinä iltana hän ei voinut muuta kuin vakoilla häntä.

Ei tuntunut siltä, että hänellä olisi ollut todellista mahdollisuutta saada fyysistä läheisyyttä hänen kanssaan; Heidän kilpailunsa olivat yhtä suuri este kuin koskaan, eikä mikään ollut muuttunut sen jälkeen.

Itse asiassa hän toivoi, että hän ei koskaan saisi tietää, mitä hän oli tehnyt.

Se oli monella tapaa petos, eikä hän edes voinut alkaa selittää kenellekään, vähiten itselleen.

Mutta jos mikään ei olisi todella muuttunut Yakinin näkökulmasta, se oli erilainen hänelle.

Hän oli usein kuvitellut sen monta kertaa aiemmin, mitä voisi tapahtua, jos hän vain olisi hänen kaltainen peikko.

Ne olivat olleet miellyttäviä fantasioita, mutta fantasioita olivat kaikki, mitä ne olivat ja mitä ne koskaan olisivat.

Hän ei ollut kuullut taikuudesta, joka voisi tehdä sen, ja vaikka se olisi mahdollista, oli vaikea ajatella, miksi Yakin olisi halukas läpikäymään muodonmuutoksen.

Hän luultavasti piti ihmisenä olemisesta.

Mutta nyt, siitä yöstä lähtien, hän unelmoi hänestä enemmän.

Se oli todella naurettavaa.

Joten hän oli nähnyt hänet alasti?

Oliko se todella niin erilaista kuin hän oli kuvitellut, että hänen ajatuksensa pitäisi nyt täyttyä halusta?

Näin oli kuitenkin tapahtunut.

Se osa, jota hän yritti jättää huomiotta, hän ajatteli, kun hän riisui saappaansa ja kastoi jalkansa kylvyn lämpimiin veteen testatakseen veden lämpötilaa, kuten aina, koon yhteensopimattomuus.

Muuten ihmiset ja peikko näyttivät samalta.

Loppujen lopuksi hän halusi hänet siksi.

Mutta jos Yakinilla oli jotain peikkoa, hänellä oli jättimäinen kasvu hänen näkökulmastaan.

Kuten hän jo tiesi, täysin verrannollinen penis.

Hän saattoi kuvitella hänen seisovan hänen edessään, kuten hän oli seisonut ennen kylpyä sinä iltana, purkaen rajoituksiaan ja kovan kalunsa ponnahtavan vapaasti hänen kasvoilleen.

Hän pudisti päätään työntäen kuvan pois mielestään.

Se vain muistutti häntä heidän välisestä kuilusta, eikä siitä olisi mitään hyötyä.

Kylpyhuoneessa pitäisi olla peili, hän pohti, kun hän veti viitta päänsä päälle ja asetti sen sivupöydälle.

Mutta ei ollut, ja hänen täytyi kuvitella itsensä sellaisena kuin hän näkisi hänet.

Hän juoksi kätensä kyljelleen.

Hän oli tarpeeksi hoikka, litteä vatsa ja naiselliset lantiot.

Hän ei varmaankaan näyttäisi liian lapselliselta?

Hän kupli rintaansa ja tunsi niiden muodon.

Varmasti siellä ei ole mitään tyttömäistä, vaikka hän ei osannut sanoa, että hänellä oli hyvin rehevä rintakehä.

Hänellä ei tietenkään ollut aavistustakaan siitä, mitä Yakin piti parempana naisissa.

Jos hänellä oli tyttöystävä, hän ei tiennyt siitä mitään.

Toivoin, ettei hänellä ollut sitä, vaikka tuo toive oli sekä itsekäs että lopulta turha; hän ei vain halunnut kuvitella häntä kenenkään muun kanssa.

Hän puristi vaaleanpunaista nänniään, mutta otti sitten kätensä pois.

Ehkä tämä ei ollut oikea aika tai paikka.

Hän oli lukinnut oven, mutta muut eivät olleet kaukana ja keskustelivat epäilemättä asioista kaupungin alla olevista katakombeista.

Hänen pitäisi käydä suihkussa ja päästä eroon, ja ehkä vetäytyä sänkyynsä jälkeenpäin.

Hän riisui ammattimaisesti jäljellä olevat vaatteensa, asetteli ne huolellisesti, tarttui pyyhkeeseen ja seisoi kylpyhuoneen reunalla.

Tietenkin kivikylpy oli suuri, tarkoitettu ihmisille, ei peikkoille tai kääpiöille.

Se oli vuorattu marmorilla, ja sen alla oli putkia, jotka liitettiin kuumiin lähteisiin, pitäen veden lämpimänä, vaikka onneksi se ei koskaan saavuttanut kovin korkeita lämpötiloja, ja sen välttämiseksi oli jotain viehätysvoimaa, hän ajatteli.

Toisella puolella oleva reunus antaisi hänelle mahdollisuuden istua sen päällä sen sijaan, että hänen olisi pitänyt käyttää paikkaa pienenä uima-altaana, koska hän tuskin pystyi makaamaan pohjalle.

Vesi aalloi sallien hänen ruumiinsa vääristyneen heijastuksen.

Ei niin hyvä kuin peili, hän ajatteli jälleen.

Joka tapauksessa, se toi ajatukset Yakinista jälleen hänen mieleensä.

Hän katsoi itseään.

Hän ajatteli, että hänellä oli hyvät reidet, mieluummin muodokkaat kuin liian lihavat tai laihat.

Hänen vatsansa oli kapea ja tummat karvat kiertyneet lantion vaaleaa ihoa vasten.

Hän oli nainen, aikuinen nainen.

Mutta vaikka hän näkisi hänet alasti, ajatteliko hän häntä näin vai oudon nukkemaisena hahmona?

Hän kahlaa veteen, istui kielekkeellä, nautti lämpöä ja kosteutta ihoaan vasten ja nautti tunteesta.

Hän nojasi päänsä kiven reunaa vasten vedenpinnan noustessa juuri hänen hartioidensa alapuolelle.

Hän kurkotti pyyhkeen tuoksuvaa saippuaa, roiskutti vettä sen päälle ja alkoi vaahdota.

Aluksi hän onnistui jättämään huomiotta Yakinin ajatukset, makaamalla samassa altaassa, jopa käyttämällä samaa saippuaa, mutta kun hän siirtyi alas saippuamaan rintojaan, hänen nännensä kovettuivat tahattomasti, kuvitellen, miltä hänen kätensä tuntuisi hyväilevän häntä.

Vittu, tämä ei vienyt häntä mihinkään.

Hän saattaa myös antaa periksi ajatuksille ja lievittää jännitystä ainoalla mahdollisella tavalla.

Hän halusi vapauttaa itsensä, mutta hän ei voinut päästä eroon häiriötekijöistä ennen kuin hän oli saavuttanut sen.

Vittu Yakin, miksi ihmismiehen piti olla niin komea?

Hän laittoi saippuan takaisin pyyhkeeseen ja laittoi kätensä jalkojensa väliin.

Hän huokaisi, heikko hengenveto huulten ohi.

Tämä tuntui hyvältä; Tätä hän tarvitsi.

Veden alla hän liukui sormen pillua vasten liikuttaen sitä ylöspäin hieroakseen klitoistaan.

Hän sulki silmänsä kuvitellen Yakinin seisovan edessään, peikkokokoisena.

Mitä tekisin, jos olisin peikko ja olisin kylpyhuoneessa hänen kanssaan?

Minun täytyisi tietysti seistä pohjalla.

Ja sitten, kyllä, hän suuteli häntä ja hieroi hänen rintojaan.

Hän liikutti vapaata kättään tunteakseen sen liu'uttamalla naisen nännin kahden sormensa väliin.

Sitten hän nosti häntä, lantio lantiota vasten, hänen jalkojensa kiedottuna noiden kiinteiden reisien ympärille ja tunkeutui häneen.

Hän työnsi sormeaan vielä syvemmälle ajatustensa mukana liu'uttamalla sitä sisään ja ulos hitaasti.

Hän nuoli huuliaan, kuvitellen hänen suunsa maun, kuinka hänen rintansa tuntuisi hänen omaansa vasten, teeskennellen kylvyn lämpöä hänen ruumiinsa lämpönä.

Hän piti silmänsä kiinni, ei halunnut pilata kuvaa vilauksella tyhjästä huoneesta, ja jatkoi pillunsa tutkimista.

Se olisi pehmeää ja hidasta, hänen tavanomainen tapansa olla, harkittu ja rauhallinen, aina saatava hänen hurmioituneensa.

Koska hän oli fantasioissaan tonttu, hän voisi tehdä tämän hänelle, mutta ihmisenä ei koskaan.

Yllättäen hänen mieleensä hyppäsi kuva.

Yakin, nyt täysikokoinen, taivuttelee häntä, pitää häntä lantiotaan vasten, ottaa häntä takaapäin, kantapäät naputtavat polviaan.

Ajatus oli äkillinen, järkyttävä, ja hän ihmetteli hetken, mistä hänen mielensä osasta se tuli.

Hän tiesi, että osa hänestä halusi hänet ihmisenä, hän jopa halusi hänet lujasti, himon valtaamana, vitun häntä.

Hän työnsi toisen sormen hänen pilluaan, hänen hengityksensä nyt vahvemmin, ja väänsi nänniä vapaalla kädellään nauttien lievästä kivusta tehdessään niin.

Kyllä, hän halusi naida häntä!

Hän yritti saada takaisin kuvan hänestä tontun kokoisena miehenä, mutta ajatus hänen valtavasta pystyssä olevasta kukkosta valtasi hänet, vaikka hän ei ollut koskaan nähnyt häntä sellaisessa tilassa.

Kuinka suuri se olisi, hän ihmetteli lyhyesti?

Kuusi, seitsemän tuumaa?

Ja hyvä jumalatar, mitä tapahtuisi paksuudelle?

Hän toivoi, että hän olisi tuonut mukanaan jotain... jotain, jossa on kahva, ehkä... jotain, mitä tahansa, jolla hän voisi testata hänen sietokykynsä.

Mutta hän ei ollut, ja jos olisi, se tuskin olisi sama kuin hyvä elävä kukko hakkaamaan häntä.

Hän puri huultaan haluten olla huutamatta, muut olivat vain huoneen tai kahden päässä.

Hänen ruumiinsa kaareutui kiveä vasten, liukuen hieman reunalla, hänen lantionsa liikkuvat refleksiivisesti vastakohtana hänen työntäville sormilleen.

Hän ei välittänyt, oliko Yakin nyt ihminen vai peikko, hän vain halusi hänen kukkonsa sisäänsä.

Hän harkitsi hetken aikaa poistua kylpyhuoneesta löytääkseen kuivemman, vähemmän liukkaamman pinnan lepäämään, mutta hän oli liian kaukana, jotta se olisi nyt vaihtoehto.

Vettä valui hänen olkapäitään vasten, ja hän puri huultaan kovemmin.

Hänen klitorinsa oli tulessa...milloin tahansa...NYT...

Hän kouristeli, päästäen pienen tahattoman voihkauksen, kun valkoinen lämpö huuhtoi hänen ylleen.

Kun hän teki niin, hänen pakaransa, jotka olivat jo epävakaassa asennossa hyllyllä, liukuivat vapaasti vetäen hänet veden alle, kun hänen jalkansa painuivat hänen alle.

Hetkeä myöhemmin hän työnsi päänsä pintaan tarttuen reunaan vasemmalla kädellä.

Hän pysyi sellaisena hetken, huohotellen, silmät leveinä orgasmin jälkeisessä hehkussa.

Lopulta hän harjasi märät hiuksensa pois kasvoiltaan, harjasi ne takaisin ja sitten roiskutti vettä uudelleen päälleen.

Zula huokaisi pitkän puhtaasta onnesta.

Se oli hyvä.

Erittäin hyvä ...

LUKU VII
CASSANDRA

Cassandra heräsi, kun aurinko alkoi laskea taivaalle ja heittää oranssin auringonlaskun valonsa ullakkohuoneistonsa kapean ikkunan läpi.

Hän oli nukkunut suurimman osan päivästä, mikä ei ollut epätavallista.

Hän piti yöstä enemmän kuin päivästä, koska auringonvalon ollessa voimakas, tehtävissä olevat asiat olivat liian näkyviä, eikä hän pitänyt siitä.

Ja lisäksi hän näki yöllä paremmin kuin ihmiset tai jopa tontut, jolloin hän näki näkemättä.

Se oli käytännöllistä, varsinkin kun otetaan huomioon hänen herkät tekonsa liiketoiminnassa, mutta hänen mielestään yössä oli myös enemmän kauneutta.

Tarantian taivas oli usein kirkas, mikä oli sen kuivan ympäristön etu, mikä antoi tähdet ja kuut loistaa kirkkaasti samettisen pimeyden keskellä.

Ja pimeys oli paljon kauniimpaa kuin päivänvalo.

Tapa, jolla asiat kutistuivat varjoissa, teki niistä jotenkin puhtaampia, puhtaampia kuin ne olivat silloin, kun auringonvalo paljasti heidän todellisuutensa.

Hänen pirullinen perintönsä olisi tietysti myös voinut olla merkityksellistä.

Hän liukastui sängystä, työnsi ohuet lakanat paikoilleen ja pukeutui nopeasti.

Hänellä ei ollut laajaa valikoimaa vaatteita, vain tarpeeksi varaosia varmistaakseen, että jotkut olivat aina puhtaita, ja hänen makunsa olivat riittävän yksinkertaisia ja käytännöllisiä.

Ehkä jos hänen työnsä jonakin päivänä vei hänet hyvin pukeutuneisiin ylemmän luokan juhliin, hänen täytyisi ostaa kallis mekko, mutta ajatus ei miellyttänyt häntä.

Niinpä hän puki päälleen tiukat nahkahihnat ja naarmuuntuneen hihaton puuvillapaidan.

Vaatteet esittelivät hänen vartaloaan ja saivat hänestä näyttämään muodokkaammalta ja houkuttelevammalta kuin hän itse tajusi.

Hänen omissa ajatuksissaan hänen helvetin synnyttämillä epämuodostumillaan olivat kaikki todella tärkeitä.

Pukettuaan jalkaan pohjekorkeat saappaat, hän pysähtyi katsomaan itseään peilistä ja löysti unimattomat hiuksensa piilottaakseen sarvinsa mahdollisimman hyvin.

Kun ne olivat piilossa, hän näytti yhtä ihmiseltä kuin aina, kalpeat, soikeat kasvot ja olkapäille ulottuvat ruskeat hiukset, joissa oli aavistus kastanjanruskeaa.

Hänen silmänsä antoivat hänet kuitenkin periksi, koska heidän ei liian luonnollinen tumman punertava sävynsä näkyi selvästi kaikille, jotka lähestyivät häntä.

Hän yritti olla antamatta sen tapahtua liian usein.

Tyytyväinen ulkonäköönsä hän sääteli vyötään ja puki päälleen mustan hupullisen viitta, joka oli hänen paras suojansa näkyvyydestään, ja poistui huoneesta asettamalla myrkkyluukun, jonka hän aina jätti avaimenreikään, varmuuden vuoksi.

Tasanteella oli vain yksi kapea portaikko, joka johti muihin kerroksiin katutasolle asti.

Se oli kaupungin köyhä alue, koska hänen oli vaikea elää terveemmässä paikassa.

Ehkä eräänä päivänä hänen ansaitsemansa rahat antaisivat hänelle paremman paikan, mutta sen täytyi olla hyvin yksityinen, ja hän tiesi, ettei hänellä koskaan olisi varaa sellaiseen harkintaan, jota Lady Gedren tarvitsi elääkseen tumma tonttukauppiaana ihmisessä. kaupunki.

Näin oli usein puolidemonien kanssa.

Kun hän lähti rakennuksesta, aurinko oli jo laskemassa horisonttiin ja varjot olivat jo alkaneet ilmestyä kaduille.

Hän oli oppinut, mitä hän pystyi seikkailijoista, joilta Gedren halusi hänen varaavan.

Riittää, kun tietää, että heidän kohtaaminen vastakkain ei ollut järkevä ehdotus, vaikka se olisi ollut hänen mieltymyksensä.

Se ei ollut yllättävää, koska seikkailijat olivat tappavimpia vastustajia.

Olettaen, että he selviäisivät muutamasta ensimmäisestä tutkimusmatkastaan, se olisi jo yksin joutunut kohtaamaan enemmän kauhuja kuin useimmat ihmiset kohtaisivat elämänsä aikana, ja olisi elänyt kertoakseen tarinan.

Puhumattakaan hyödyllisestä maagisesta saaliista, jonka he olisivat onnistuneet hankkimaan.

Ei, suora taistelu ei ollut vaihtoehto.

Mutta hän tiesi jo: hänen täytyi vain vahvistaa se.

Seuraava kysymys oli hänen kotinsa turvallisuus, kuinka helppoa tai vaikeaa olisi päästä sisään ja ulos ilman, että häntä havaittaisiin.

Oli valitettavaa, etteivät he vain asuneet majatalon ulkopuolella, kuten monet, vaan olivat liian älykkäitä ja menestyneitä siihen.

Joten tänä iltana hän oppisi kylästään mitä hän voi.

* * *

Hän pysyi varjoissa niin paljon kuin pystyi, minkä helpotti yön pimeys.

Useimmat naapuruston ihmiset tiesivät tarpeeksi ollakseen kommentoimatta hänen tavallista hupullista viittaansa, ja sitä paitsi täällä, hän ei ollut ainoa henkilö, joka halusi välttää huomiota.

Yleisesti ottaen ohikulkijoita ei juurikaan kommentoitu tässä kaupunginosassa.

Silti hän liukastui kujilla niin pian kuin pystyi ja käveli reippaasti lapsuudesta tuttujen käytävien läpi.

* * *

Hän näki heidät tietysti hyvissä ajoin.

Itse asiassa hän oli luultavasti nähnyt heidät ennen kuin he olivat nähneet hänet.

Mutta hän oli antanut heille vain vähän merkitystä, vain kaksi uutta tulokasta kaupunkiin eksyneenä takakaduille.

Ja he olivat selvästi äskettäin saapuneita, pukeutumistyylistään, ja silti matkan pöly vaatteissaan.

He olivat laihtuneet, hieman repeytyneet, selvästi kokeneet vaikeita aikoja, kuten monet olivat täällä.

Ehkä he etsivät halpaa pensionaattia tai jopa suojaista asuntoa yöpymiseen.

Yksi heistä ilmestyi yhtäkkiä hänen eteensä ja tukki hänen tiensä.

Hänen silmänsä nousivat ärtyneenä, koska hän oli noin kuusi senttiä häntä pidempi.

Hän huomasi hänen velttoiset hiuksensa ja sänkinsä leuassa, hänen sieraimiinsa hyökkäsivät hien ja lian haju sekoitettuna selkeään vivahteeseen alkoholia.

Hän piti veistä toisessa kädessään ja osoitti sitä häntä kohti.

"Sinun rahasi nyt", hän vaati alkoholin tuoksun raikas hengityksessä.

"En usko", hän sanoi rauhallisesti, hänen kätensä liikkui jo salaa viittansa alla.

Hän piti hänen katsetaan, joko liian humalassa tai liian tyhmänä lukeakseen hänen katseensa tai huomatakseen niiden epäluonnollisen värin.

Tai ehkä se oli liian pimeää heille.

Hänen ystävänsä kiersi jo hänen takanaan ja katkaisi hänen pakopolkunsa.

Erittäin huono heille.

"Voi, saat", hän sanoi, "ja ehkä jotain muuta, vai mitä?" Hän nauroi ja hänen hymynsä näkyivät rikkinäisissä ja tahraisissa hampaissa.

Hänen veitsensä pitäen edelleen häntä kohti, hän ojensi kätensä yrittääkseen tarttua hänen rintaansa toisella.

Hänen vastauksensa oli salamannopea, tarttui veitsen käteensä vasemmalla ja väänsi sitä lujasti.

Hänen oma oikea kätensä tuli ulos viittansa alta, työnsi veitsen rintaluunsa alle ja työnsi sen kahvaan.

Hän haukkoi henkeään, mutta ei huutanut, vaan vapautti vain pahanhajuisen hengityksen.

Hän horjui taaksepäin, silmät suuret shokista ja katsoi nopeasti kasvavaa tahraa paitansa etupuolella.

Hän oli jo pudonnut veitsen ja kääntynyt toista hyökkääjää kohti.

Hän ei ollut edes liikkunut, hän ei ollut tehnyt mitään, ilmeisesti yhtä jäässä ja järkyttynyt kuin hänen kumppaninsa.

Hän katsoi veistä, joka edelleen valui verta, ja sitten Cassandraan, hänen kasvonsa olivat käsittämättömyyden naamio.

Idiootti ansaitsi kuoleman, hän ajatteli.

Mutta sen sijaan hän kääntyi ja pakeni ja juoksi yöhön niin nopeasti kuin hänen jalkansa pystyivät kantamaan häntä.

Hän ei edes vaivautunut jahtaamaan häntä; hänellä ei olisi täällä yhtään ystävää, eikä hänen energiansa hukkaamisessa ollut paljon järkeä.

Hänen takanaan kuului pamahdus, kun ensimmäinen mies kaatui maahan.

Hän kääntyi katsomaan ja näki tämän haukkovan kuin kala vedestä yrittäen pysäyttää verenvirtauksen, kun hän makasi likakujan maassa.

Hän oli kuolemaisillaan, se oli selvää.

Mutta ei tarpeeksi nopeasti.

Hän polvistui hänen eteensä ja katsoi hetken tai kaksi, kun hän yritti liukua pois ja peittää haavansa samaan aikaan.

Hän katsoi häntä anoen, mutta hän käytti jälleen tikariaan ja viipaloi hänen kurkkunsa.

Hänen päänsä putosi sivulle ja hänen silmänsä loistivat.

Hän pyyhki miekkansa vaatteillaan, puki sen uudelleen tuppaan, sitten otti varovaisen askeleen välttääkseen joutumasta jalkojaan verilammikkoon, käveli hänen ruumiinsa yli ja meni kujalle.

Hän ei voinut tuhlata paljon aikaa tähän, sillä hänellä oli kuitenkin asioita hoidettavana.

* * *

Huvila oli tyypillinen kaksikerroksinen kartano, jossa oli kaksi pitkää siipeä, jotka ulottuivat aidatun sisäpihan molemmille puolille.

Kuten monet muutkin rakennukset tässä kaupunginosassa, katolla oli tasainen yläosa, vaikka kaksi pientä kuparikupolia seisoi kulmissa, joissa siivet liittyivät päärakennukseen.

Hänen tulee olla varovainen, sillä hän ei halunnut herättää liikaa huomiota tässä vauraammassa kaupunginosassa.

Ruumiin jättäminen tänne herättäisi yleensä paljon huomiota, mitä hän halusi kuitenkin yrittää välttää.

Pian hän kuitenkin pystyi vahvistamaan, että pohjakerroksen ikkunoissa oli vahvat rautatangot, jotka estivät yli kahden tai kolmen tuuman leveyden pääsyn sisään.

Heillä oli myös kaihtimet, jotka epäilemättä suljettaisiin myöhemmin yöllä.

Seinät olivat jyrkät, mikä teki niiden kiipeämisen yläikkunaan tai katolle mahdottomaksi ilman koukkua... silti koura oli harkittava asia.

Hyödyllisempää olisi kuitenkin pieni tieto siitä, kuinka ryhmä vietti päivänsä ja yönsä täällä.

Kuinka todennäköistä oli, että talo jäisi esimerkiksi tyhjäksi?

Parasta olisi saada käsitys siitä, missä he säilyttivät aarrettaan, kun he eivät käyttäneet sitä.

Jossain piti olla holvi, ja olisi ilmeisesti parempi, jos hänen ei tarvitsisi etsiä koko huvilaa löytääkseen sitä.

Tietysti hän ajatteli surullisena, että heidän mahdollisuutensa paljastaa tietoja siitä oli todella rajallinen.

Katuvalaisimen valo valui ulos pihasta ja huvilan yläkerrasta.

Monet ihmiset menivät nukkumaan heti pimeän tullessa, ja hämärä oli jo syventynyt niin, ettei kukaan voinut lukea ilman apua.

Tai tehdä jotain muuta ilman valonlähdettä.

Mutta seikkailijat olivat edelleen aktiivisia.

Kun hän kulki toisella läpi aidan aitauksen porteista, hän pääsi niin lähelle kuin uskalsi tekemättä sitä liian selväksi, ja kuuli keskustelun äänen sisältä.

Joten ainakin osa heistä oli nyt sisäpihalla, ei rakennuksessa.

Ja se antoi hänelle idean.

Hän katseli ympärilleen viereisiä rakennuksia.

Kuten itse huvila, useimmat olivat kaksikerroksisia, mikä tarkoitti, että toisesta kerroksesta pitäisi nähdä sisäpihan seinän yli.

Kadut tyhjentyivät, mutta Cassandra oli silti varovainen liukuessaan kujaa pitkin tavalliselta näyttävän talon takana.

Talo oli pimeä, joten joko kukaan ei ollut kotona tai he olivat jo vetäytyneet nukkumaan, ja kumpikin tapaus sopisi heidän tarkoitukseensa.

Hän katsoi ympärilleen varmistaakseen, että hän oli yksin, ja kiipesi pohjakerroksen ikkunaan tarttuen yllä olevaan kattoon.

Liikkuen hiljaa, mutta itsevarmasti hän työnsi itsensä seinää vasten.

Onneksi se oli riittävän koristeellinen, ettei kokeneelle olisi kovin vaikeaa kiivetä, toisin kuin itse huvilan sileät seinät.

Ensimmäisessä kerroksessa, juuri kun hän saavutti tasaisen katon reunan, hän jäätyi kuullessaan ääniä sisältä.

Paikka ei ehkä ollut niin tyhjä kuin hän oli luullut.

"Herra Imp", sanoi naisen ääni ilmeisen tyttömäisellä tavalla, "en tiedä pitäisikö minun kastua täällä. Mitä jos näkisit tiettyjä asioita?"

Hänen puhetyylinsä antoi Cassandralle vaikutelman, että hän saattoi puhua kissalle tai toiselle lemmikille, ja naurettava nimi tuki tätä teoriaa.

Mutta sen sijaan miehen ääni vastasi:

"Voi, mutta lupaan, etten katso mitään, mitä et halua minun näkevän."

"Kun et tee mitään väärää... se olisi liian jännittävää!"

Cassandra hengitti, kun molemmat lopettivat puhumisen, ja astui sisään oletettavasti makuuhuoneeseen.

Ne eivät näyttäneet menevän kattoon, mikä oli ainoa asia.

Hän ajatteli hetken toisen talon valitsemista, mutta se oli hieman myöhässä.

Kun pariskunta oli turvallisesti kuuloetäisyydellä, hän kiipesi rakennuksen huipulle.

Katto, kuten monet muutkin, oli tasainen, sen ympärillä oli matala seinä ja sulkuovi, jonka kautta voitiin laskeutua itse taloon.

Hän oli varma, että asukkaat olivat menneet talon vastakkaiseen nurkkaan ja toivottavasti aikoivat nyt nukkua jättäen hänet turvaan.

Melkein kissan varkain hän siirtyi katon yli ja makasi huvilan puolelle katsoen seinän yli, joka oli vain kahdeksan tuumaa korkea.

Hän oli pimeässä, ja kaupunki oli valaistu; Oli epätodennäköistä, että he näkivät hänet sieltä, vaikka he katsoivat tarkasti hänen suuntaansa, mihin heillä ei ollut syytä.

Kuulin alhaalta naurua, joka keskeytti silloin tällöin ärsyttävän naisen kommentoimaan jotain idioottimaista tai jotain muuta.

Hän toivoi, että he rauhoittuisivat pian, tai ainakin nainen, koska hän näytti olevan se, joka puhui eniten, sillä siinä tapauksessa hänellä saattoi jopa olla tilaisuus kuulla keskustelua huvilasta.

Mutta hänen täytyi kuunnella tarkkaan, ja sitä varten hän tarvitsi ainakin hiljaisuuden.

Seikkailijat nauttivat selvästi ulkoillallista.

Heillä oli sisäpihalle pystytetty suuri pöytä, jonka ympärillä oli tuolit, ja seinien ympärillä ripustettiin lukuisia lyhtyjä.

He olivat ilmeisesti lopettaneet syömisen, ja hänen katsellessaan nuori palvelija siivosi lautasia.

Hän voi olla ongelma; Hän oli todennäköisesti huvilassa, vaikka he olivat poissa.

Tietenkään hänen ei olisi liian vaikeaa käsitellä sitä, jos hänen täytyisi taistella häntä vastaan, mutta se mutkistaisi asioita, ja hän mieluummin välttäisi sitä, jos voisi.

Loppujen lopuksi hän ei halunnut jättää ruumiiden jälkiä taakseen, vaikka se oli joskus välttämätöntä.

Pihalla oli enemmän ihmisiä kuin hän tiesi ryhmän koostuvan, mikä viittaa siihen, että heillä oli vieraita.

Hän tunnisti välittömästi kolme seikkailijaa.

Kääpiön on täytynyt olla Snagg ja Zula peikkonainen.

Tummatukkainen ja lyhytpartainen komea mies oli varmasti Conan, ja hän oli myös ainoa, jolla ei ollut Snaggin lisäksi yllään jonkinlaista univormua.

Muut oli kuitenkin vaikeampi havaita.

Hän oli myös etsimässä, sikäli kuin hän tiesi, haltijoiden noitaa ja ihmispaladiinia, molemmat naisia.

Kuitenkin, kuten onni, jäljellä oleviin kuuteen pöydän ympärillä oli neljä naista, kaksi tonttua ja kaksi ihmistä, kun taas kaksi muuta vierasta olivat miehiä.

Hän saattoi jo sulkea pois miehet joka tapauksessa, ensinnäkin siksi, että he olivat miehiä, ja toiseksi, koska he molemmat olivat pukeutuneet Ymirin kirkon, kunniajumalan, univormuihin, toinen ritari ja toinen pappi.

Heidän täytyi olla Lady Yasiminan, paladinin ja ryhmän johtajan ystäviä, ja hän tiesi, etteivät he asuneet täällä, joten he eivät olleet välitöntä huolta.

Molemmat ihmisnaiset olivat vaaleatukkaisia ja käyttivät tyylikkäitä mekkoja.

Yhden täytyi olla Lady Yasimina itse, mutta tällä hetkellä hän ei tiennyt kumpi oli kumpi.

Toisella tontuista oli pitkät vaaleat hiukset ja toisella ne oli leikattu läheltä niskaa, mutta hänellä ei ollut tarpeeksi tarkkaa kuvausta Valeriasta, jotta se auttaisi häntä.

Hänen vaatteensakaan eivät auttaneet, koska kumpi tahansa heistä olisi voinut olla velho...

Olisiko Valeria pukeutunut perinteiseen tonttujen asuun vai yksinkertaiseen valkoiseen mekkoon puhtaimmalla ihmistyylillä?

Ei ollut mitään keinoa tietää.

"Oooh, herra Imp!" -nainen huusi alhaalta, ilmeisen shokissa. "Näetkö minun tissit! Mitä helvettiä me teemme?"

Cassandra puristi nyrkkiään toivoen, että naurettava nainen vain olisi hiljaa ja saisi sen yli.

Lukuun ottamatta hölynpölyä, jota hän puhui, hänen äänensä oli yksinään ärsyttävä ja lävistävä, ikuinen, korkea ääni.

Olipa "Mr Imp" kuka tahansa, miehellä oli erittäin huono maku naisia kohtaan.

Hän yritti keskittyä takaisin kadun toisella puolella olevaan ryhmään, mutta hänen alapuolellaan olevan talon melun vuoksi oli mahdotonta kuulla heidän sanovan mitään.

Palvelija oli jäänyt pihan nurkkaan, ympyrän ulkopuolelle, ikäänkuin odottamaan lisäohjeita, mutta muut joivat viiniä ja juttelivat keskenään.

Oli kirkas yö, pilvetön taivas... varmasti hän olisi kuullut ne, ellei alakerrasta olisi ollut häiriöitä.

"Oooh, et saa koskea minuun siellä, se olisi harmi!"

Mies, joka oli ollut tähän asti pitkälti hiljaa, keskeytti omalla välihuutollaan.

"Kissantyttö, ime mun kukko!"

Luojan kiitos, Cassandra ajatteli, kun tämä toiminta lopulta hiljensi naisen.

Ehkä mies oli kyllästynyt hänen puheisiinsa yhtä hyvin kuin hänkin, ja hän oli ajatellut tehokkaan tavan sulkea hänet.

Kun alla olevat äänet oli ainakin tilapäisesti mykistetty, oli mahdollista kuulla katkelmia ryhmän keskustelusta, kuten hän epäili.

Pian kävi selväksi, että vieraat eivät olleet seikkailijoita, vaan kolme heistä liittyi Ymirin temppeliin.

Koska siihen kuului tonttunainen valkoisessa mekossa, toisen tontun täytyi olla Valeria.

Oli myös ilmeistä, että Conan flirttaili lyhytkarvaisen tontun kanssa, vaikka Cassandra aisti kehonkielestään, että asiat eivät olleet lähentyneet heidän välillään.

Silti, jos hänellä olisi heikkoutta naisia kohtaan, hän voisi käyttää sitä.

Kun seikkailijat kuvasivat parhaillaan uusimpia tekojaan, kävi pian selväksi, kuka ihmisnaisista oli Yasimina.

Ei ollut todellista aavistustakaan toisen henkilöllisyydestä, joka ei näyttänyt puhuvan paljoa ja tuntui toisinaan hieman epämukavalta.

Kaikkein tärkeintä kuitenkin oli, että Cassandra toivoi saavansa vihjeen aarteestaan tarinasta, kuinka se oli löydetty.

Selvästikin mukana oli jonkinlainen syvä maanalainen hauta pohjoisessa erämaassa.

Hänen mielestään täydellinen paikka löytää jonkinlainen tumma taikaesine, joka sopii Lady Gedrenin kuvaukseen.

Jos hän voisi kuunnella vähän enemmän, niin...

"Tekeekö Lordi Imp saman minulle nyt? Olen varma, että hän tekee! Koska minulla oli hieman kosteutta reisieni välissä, voiko lordi Impi ajatella jotain tehdäkseni oloni paremmaksi?"

Cassandra puristi hampaitaan ja vastusti halua hakata päätään seinään.

Tai vielä parempaa, mene alakertaan ja tapa idiootti.

Ilman sitä tosiasiaa, että murha herättäisi liikaa huomiota, hän ei ollut varma, että hänellä olisi ollut voimaa välttää sitä.

Naapurisi saattavat jopa kiittää sinua siitä.

"Voi vittu, kyllä", sanoi miehen ääni, jota seurasi pitkä ilohuuku naiselta.

Jos hän olisi puhunut aiemmin, se oli vielä pahempaa.

Hänen korkea nenääänensä, joka kuulosti siltä, kuin sen olisi pitänyt rikkoa lasia, vuorottelee ja huusi kuin jonkinlainen kidutettu eläin, satunnaisten kehotusten ja voimakkaan iskujen välillä.

Cassandra pohti äänistä päätellen, löikö hän myös häntä, vaikka hän olisi luullut kuristamisen olleen parempi vaihtoehto.

Puoli-demoni piti päätään käsissään ja katsoi muita lähellä olevia rakennuksia.

Sinne olisi vaikea päästä, mutta se olisi sen arvoista.

Vaikka se on kauempana huvilasta, se ei välttämättä auta paljon.

Kuinka kauan nämä kaksi idioottia jatkavat tätä?

Lopulta, juuri kun hän alkoi miettiä tapoja tappaa heidät, jotta vältyttäisiin aiheuttamasta ei-toivottua huomiota, mies huokaisi äänekkäästi, ja pariskunta vaipui onnelliseen hiljaisuuteen.

Cassandra irrotti kätensä korviltaan ja katsoi jälleen ulos parvekkeelle.

Valitettavasti vieraat näyttivät lähtevän.

Kaikki lisätieto, jonka hän olisi voinut saada, oli jo mennyt lopullisesti.

Halusin osua kattoon turhautuneena, mutta se olisi aiheuttanut melua ja hälyttänyt alla olevaa nyt hiljaista paria.

Epäilen, ettei siinä ollut enää mitään opittavaa.

Joten niin nopeasti ja hiljaa kuin pystyi, hän hiipi takaisin takaseinään kiivetäkseen takaisin alas.

Mitä nopeammin hän pääsi pois täältä, sen parempi.

Kun hän kyyristyi, hän kuuli lävistävän äänen viimeisen kerran.

"Oooh, helvetti, tehdäänkö se uudestaan...?"

LUKU VIII
ADRIANA

Kääpiöt olivat olleet Tarantiassa tarpeeksi kauan rakentaakseen oman korttelinsa kaupunkiin.

Huolimatta siitä, että hän oli asunut kaupungissa koko elämänsä, se oli alue, jolla Conan oli harvoin käynyt.

Toisin kuin haltiat, kääpiöt tekivät harvoin taikuutta, ja heidän kulttuurinsa tiivis ja varovainen henki ei antanut hänelle juurikaan syytä käydä heidän luonaan.

Itse asiassa Lady Yasimina tunsi alueen luultavasti paremmin kuin hän, sen laadukkaiden panssarilaitteiden ansiosta.

Ja heidän kanssaan oli tietysti Snagg.

Hän katsoi ympärilleen korttelirakennuksissa niiden pienillä ikkunoilla ja melkein ihmetteli, miksi hän oli vapaaehtoisesti ilmoittautunut.

Mutta jos he saisivat suunnitelmat kaupungin alla olevista raunioista, hänen tietonsa Tarantian muinaisesta historiasta voisi auttaa, samoin kuin Snaggin luonnollinen arkkitehtuuri ja kivi.

Hän koki kuitenkin myös kääpiöiden olevan ystävällisiä ihmisiä, vaikkakin kaukana tonttujen tai jopa jossain määrin peikkojen huolettomasta, hauskanpitoa rakastavasta luonteesta.

Se oli heidän kulttuurinsa luonne: he olivat käsityömestareita, jotka käyttivät kaiken aikansa taiteen parantamiseen omistautuneeseen työhön, jättämättä aikaa ilolle.

Lady Yasimina johdatti tietä heidän kulkiessaan kääpiökaduilla, jotka oli järjestetty neliöruudukkoon, yhtä säännöllisiä ja yksitoikkoisia kuin ympärillään olevat rakennukset.

Paladiinina hän luultavasti hyväksyi kääpiöiden panoksen, ja jopa Conan joutui myöntämään, että he olivat kunniallisia ja rohkeita ihmisiä.

Snagg oli pelastanut oman henkensä useammin kuin kerran.

Edellisenä iltana Yasimina oli kutsunut ystäviään Ymirin temppelistä miellyttävään ruokailu- ja keskusteluillalliseen sisäpihalle.

He eivät olleet keskustelleet kaupungin ilmeisestä uhasta, mutta temppelissä olleet olivat mahdollisia liittolaisia, jos heitä joskus tarvittaisiin.

Valeria oli tuonut mukanaan myös ystävän nimeltä Onna, mutta hän tiesi naisista tarpeeksi sanoakseen, ettei hän ollut kiinnostunut hänestä.

Kuitenkin välittömämpää mielenkiintoa, ainakin Conanin näkökulmasta katsottuna, Temppelin nuori tonttukilpityttö oli ollut erittäin kaunis, jopa pukeutunut hänen järjestyksensä tavalliseen valkoiseen.

Oli sääli, että kun nainen otti ensimmäiset askeleensa paladinin tiellä, hän oli vastustanut hänen yrityksiään flirttailla hänen kanssaan.

Hän ei ainakaan näyttänyt loukkaantuneen, ja toivo, että hän jonakin päivänä päätyisi hänen kanssaan lakanoiden väliin, ei ollut hänen mielestään täysin kaukaa haettu.

Mutta täällä ei ollut mitään mahdollisuutta siihen, hän pohti.

Jopa kääpionaiset, jotka eivät olleet niin varovaisia, pääsivät tuskin lähelle hänen mielikuvaansa ihanteellisesta sänkykumppanista.

* * *

Heidän määränpäänsä, kun he saapuivat, oli hänen täytyi myöntää, aivan erilainen kuin sitä ympäröivät tylsät rakennukset.

Se oli selvästi korkeampi, ja sen ovet olivat sopivan ihmiskorkeat.

Sen seiniä reunustivat koristeelliset vastakehykset ja kaarevat lasimaalaukset, jotka esittivät kuvia linnoista ja torneista, alasimeista ja vasarasta.

Pääsisäänkäynnin päällä oli vaakuna, joka oli kaiverrettu kiveen hienolla huolella.

Kun kääpiöt halusivat esitellä taitojaan, he varmasti pystyivät.

Tätä varten oli Tarantian vapaamuurarien kilta, ammatti, jota hallitsevat kääpiöt, tosin myös joitain peikkoja ja ihmisiä.

Täällä he toivoivat löytävänsä etsimäänsä vastaukset joidenkin Snaggin kontaktien avulla.

Kääpiösoturi, kuten Conan tiesi, ei ollut kaupungin syntyperäinen, vaan hän tuli etelän vuorilta.

Hän oli tullut tänne etsimään onneaan, ja osana seikkailijajoukkoa hän oli yleensä löytänyt sen.

Mutta hän oli silti luonut joitain siteitä paikallisiin heidän erilaisista klaaneistaan huolimatta, mikä ilmeisesti oli tärkeä osa kääpiökulttuuria, mitä hän ymmärsi.

He kolme kävelivät portaita ylös ja ovista, jotka johtivat saliin.

Rakennus oli selvästi rakennettu ihmisiä ajatellen, mutta siinä oli erehtymätön kääpiötunnelma.

Aulan lattia oli kiillotettua marmoria, jota reunustivat pylväät, jotka nousivat koristeelliseen luolamaiseen kattoon.

Seiniä reunustivat kivikaiverrukset, jotka esittelivät suuren rakennuksen rakentamisen eri vaiheita, ja yläkerran portaiden kaiteet peitettiin kiiltävällä metallilla.

Harmaassa väreissä pukeutunut kääpiö lähestyi ryhmää ja puhui lyhyesti Snaggin kanssa ennen kuin katosi rakennukseen.

Kolmikko odotti kohteliaasti ja katsoi rakentajien näytteillepanoa taidetta, kunnes liveeringillä varustettu kääpiö palasi toisen henkilön kanssa ja palasi takaisin oven viereen.

Uusi tulokas oli toinen kääpiö, ilmeisesti melko nuori mies, jolla oli paksut ruskeat hiukset ja suhteellisen lyhyt parta.

Hän oli pukeutunut maanläheisiin sävyihin, hänen rotunsa suosimat raskaat saappaat ja muutama kulta- ja hopeasormukset sormissaan.

Hän oli ilmeisesti vauras käsityöläinen, vaikka luultavasti liian nuori perustamaan vielä omaa yritystä.

"Snagg!" hän sanoi, puristaen muodollisesti soturin kättä, "on mukava nähdä sinut taas. Sinun täytyy esitellä minut tovereillesi."

"Rimir, nämä ovat minun toverini; Lady Yasimina ja Conan, velho. Yasimina, Conan, tämä on Rimir, Bardalfin klaanin pääkäsityöläinen."

Soturi ei voinut olla huomaamatta lauseen muodollisuutta, vaikka se ei ollutkaan liian pitkä ja kukkainen.

Täällä oli selkeä protokolla, mutta emme ainakaan kyllästyneet siihen.

"Meillä on liiketoimia keskusteltavana, ja joitain tietoja sinulla saattaa olla, jotka voivat auttaa meitä."

"Tietenkin", vastasi nuorin kääpiö, "isäni ja minä harjoitimme omaa liiketoimintaamme, mutta se on melkein valmis, ja voit liittyä meihin. Sitten voimme puhua omista asioistasi." Hän hymyili, selvästi ystävällinen, avoin kaveri urastaan, ja johdatti tietä ovelle, josta hän oli tullut.

Oven toisella puolella oli käytävä, jonka ympärillä oli useita huoneita, kokoushuoneita ilmeisesti käsityöläisten ja heidän asiakkaidensa hiljentymistä varten.

He astuivat yhteen huoneista, jossa, kuten muuallakin rakennuksessa, oli friiseillä kaiverretut kiviseinät kuvakudosten tai puupaneelien sijaan.

Siellä oli useita tuoleja, joista osa soveltui ihmisille ja toiset kääpiöille, ja pitkä pöytä, jossa oli kääröjä.

Sillan kuvalla varustettu lasimaalaus päästi huoneeseen runsaasti valoa.

Pöydän toisella puolella, ikkunaa päin, oli vanhempi kääpiö, jolla oli harmaat hiukset, pitkä punottu parta ja paksu hopeinen rannekoru ja vyönsolki, jota koristaa sotilas, joka osoitti hänen korkeaa asemaansa.

Hänen vierellään oli nuori kääpiö, ja kun hän lakkasi katsomasta toista kääpiötä, Conanin silmät kääntyivät heti kolmanteen henkilöön huoneessa, ilmeisesti käsityöläisen asiakkaaseen.

Hän näytti olevan noin kolmekymmentä vuotta vanha ja oli ihmisnainen, jolla oli pitkä tummansininen ja vihreä mekko.

Hän arvioi, että nainen oli hieman ihmisten keskiarvoa pidempi, mikä sai hänet kohoamaan huoneessa olevien kääpiöiden yläpuolelle.

Hänellä oli pitkät hiekkavaaleat hiukset, jotka oli sidottu poninhäntään, joka ulottui hänen selkäänsä asti, ja sirot kasvot punaisilla huulilla ja sinisellä silmällä.

Hänen ihonsa oli vaalean ja sileän näköinen, ja hänen poskipäilleen levisi muutama vaalea pisama.

Hän oli kumartunut pöydän ylle, kun he saapuivat poimimaan joitakin kääröjä, vaikka hänen mekkonsa korkea leikkaus ei antanut hänelle muuta nähdä kuin hänen rintojensa ääriviivat ja hänen lantionsa.

Hän katsoi ylös heidän astuessaan sisään, hänen katseensa ei näyttänyt olevan muuta kuin pelkkä uteliaisuus.

"Tervehdys", sanoi vanhin kääpiö seisoessaan jäykästi, "olen Othan das Bardalf, muurari ja arkkitehti. Tämä", hän osoitti jäljellä olevalle kääpiölle, "on tyttäreni Astrid, ja tämä on kauppias Adriana, jonka kanssa me on bisnes käsissä."

Snagg esitteli toverinsa toisen kerran, ja sitten Yasimina astui eteenpäin, kättelee lyhyesti Othanin kättä ja säilytti oman muodollisen asentonsa.

"Olemme seikkailijoita, mestari muurari, joka kerää kadonneita aarteita piilotetuista katakombeista. Pyydämme apuasi arkkitehtonisessa tietämyksessäsi ja kumarramme asiantuntemuksellesi."

Conan ajatteli, että tämä kaikki oli hieman venyttelyä, mutta Othan vaikutti vaikuttuneelta.

Näytti siltä, että oikeat muodollisuudet oli noudatettu.

"Liity meihin", hän sanoi osoittaen tuoleja pöydän vastakkaisella puolella.

Kun seikkailijat mainittiin, Adrianan silmät näyttivät hieman laajenevan, ja hän katsoi ryhmää uteliaana, katseensa ensin Snaggissa ja sitten soturissa.

Näytti siltä, että heidän piti viipyä siellä vähän pidempään kuin oli tarpeen, ja hän näytti hieman kuumalta.

Ehkä tästä vierailusta voi olla jotain hyötyä, muutakin kuin vähän tietoa...

"On..." Adriana aloitti pysähtyen hieman kuin ei tietäisi mitä sanoa, "minun täytyy vain selventää jotain, mutta en vaivaudu. Haittaako jos jään hetkeksi?" Hän katsoi Othanista Yasiminaan, mutta Conan vastasi ensin.

"Ei suinkaan", hän sanoi, "ei kestä kauan ennen kuin saamme valmiiksi."

Yasimina katsoi häntä hämmentyneenä, kunnes hän yhtäkkiä tajusi, mikä hänen syynsä oli oltava.

Hänen kasvonsa vääntyivät hieman, mutta hän ei sanonut mitään, katsoen muuraria.

Kun hänkin antoi suostumuksensa, ihmiskauppias nosti tuolin pöydältä ja siirsi sen etäiselle seinälle, kääpiöiden taakse, missä hän näki seikkailijat, mutta ei näyttänyt olevan suoraan osa keskustelua.

He kaikki istuivat alas, kolme heistä pöydän kummallakin puolella.

Adriana istui lähellä ikkunaa hieman varjossa, mutta soturin katseet käänsivät häntä kohti kääpiöiden päiden yli.

Onneksi Yasimina näytti kiinnittävän täyden huomionsa asioihin, mutta epäilin, että he eivät hyväksyisi flirttailua tässä tapauksessa.

Itse asiassa hän ei ollut varma, kuinka seurustelu kääpiöiden kanssa toimisi, vaikka hän epäilikin, että se vie jonkin aikaa.

"Olemme kiinnostuneita kaupungin menneestä historiasta ja sen muinaisesta arkkitehtuurista", Yasimina aloitti, "erityisesti maanalaisista raunioista. Toivoimme saavamme niistä jotain tietoa täältä... historiallisina uteliaisuuksina tai miten välttää rakentamista niiden yläpuolelle, voiko heillä olla tällaista tietoa?

"Meillä on tietysti jonkin verran tietoa", Othan sanoi, "mutta tämä ei ole tietoa, jota tavallisesti jaamme ulkopuolisten kanssa ihmisistä puhumattakaan. Tämä ei ole vain kiltatietoa, vaan myös klaaniasia... tämä kaveri Tietoa on vaikea saada, eikä sitä ole helppo luovuttaa kilpailijoillemme."

Conan luuli, että hän oli hieman välttelevä.

Oliko heillä aavistustakaan maanalaisten raunioiden aiheuttamasta uhasta tai ainakin viitteitä siitä, että siellä voisi olla jotain pahaa, josta he eivät halunneet keskustella kenenkään kanssa?

Se oli ainakin mahdollista, mutta Yasimina oli ryhmän neuvottelija.

Hänen ja Snaggin pitäisi yhdessä pystyä saamaan tarvitsemansa kääpiömuurareilta.

Jos joku pystyi siihen, se oli he.

Ja niinpä hän sitten huomasi ajatuksensa vaeltavan hieman, ilmeisesti ihmiskauppiaan aiheen suhteen.

Adriana näytti varmasti hieman kuumeelta.

Todellisuudessa hän ei näyttänyt kiinnittävän paljon huomiota keskusteluun, vaan sen sijaan näytti keskittyneen hyvin omiin ajatuksiinsa.

Hän katsoi takaisin seikkailijoihin, ja soturi oli melko varma, että hän näytti nyt innostuneelta, kun hänen silmänsä suurenivat tahattomasti ja hänen kätensä olivat ristissä, ikään kuin välttääkseen kiinnostuksensa paljastamista.

Conanille se oli kuitenkin aivan selvää.

Hänen silmänsä lepäävät hetken hänen silmissään, ja hän katsoi hänen silmiinsä, ennen kuin pyyhkäisi ne tarkoituksella pois ihaillakseen kaikkea, mitä hänen ruumiistaan pöydän takana voitiin nähdä.

Hän oli hoikka, suuret, korkeat rinnat ja pitkä kaula.

Sitä oli vaikea sanoa tältä etäisyydeltä, mutta hän luuli näkevänsä muutaman hikipisaran hänen otsallaan, hänen lyhyiden hiustensa alla.

Hänen silmänsä olivat leveät ja kulmakarvat kohotettuina, ja hän oli varma, että hän mittasi häntä yhtä paljon kuin hänkin.

Sitten hän katsoi sivulle, Snaggiin, ehkä nähdäkseen, olivatko muut kaksi huomanneet hänen kiinnostuksensa, mutta siltä ei näyttänyt, koska hän katsoi pian takaisin Conania kohti, hänen ilmeensä oli nyt ovela.

Hän tunsi olevansa varma, että hän suunnittelee nyt tapaa, jolla he voisivat olla yhdessä... hänen täytyi vain löytää tapa antaa hänelle mahdollisuus ilman, että kääpiöt loukkaantuivat siitä, mitä heidän nenänsä alla tapahtui.

Hän piti hänen katsettaan kiinni, jakoi huulensa ja kiersi niiden ympäri kielellään antaen hänelle selkeän tänne tulevan katseen.

Nyt hän oli varma, ettei hän ollut lukenut väärin mitään merkkejä, ei, hän oli varma, ettei hän ollut lukenut, koska hänellä oli ollut monia mahdollisuuksia tehdä niin ja koska hän osasi lukea naisia hyvin.

Hän hymyili hänelle toivoen, että tämä ymmärsi hänen hyväksyntänsä, ja palautti huomionsa keskusteluun.

Se voi loppujen lopuksi olla tärkeää.

"Näissä olosuhteissa..." Othan sanoi, "voimme kertoa sinulle joitain yksityiskohtia, mutta emme täällä. Huomenna illalla, koska Rimirin ja minun täytyy mennä jonnekin ennen. Astridin olisi hoidettava se puolestasi. Mutta " Sinun täytyy ymmärtää, että tämä on kääpiötietoa, ja voimme antaa sen vain Snaggille. Luotamme harkintaasi, ystäväni", hän lisäsi kääntyen kääpiösoturiin, "mutta sinun on päätettävä, kuinka jaat tämän, sillä jos se on sinua varten, emme katkaise siteitä, mutta sen täytyy olla sinulle ja vain sinulle. Luotan, että ymmärrät..."

Ennen kuin hän ehti vastata, Conan yllättyi, kun Adriana nousi yhtäkkiä ylös.

"Olen ymmärtänyt, että minun on mentävä", hän sanoi, "Olen erittäin pahoillani keskeytyksestä, mutta joka tapauksessa minun ei pitäisi tunkeutua pidemmälle. Jos saisin puhua Astridin kanssa ennen kuin lähden?"

Othan näytti hieman ärtyneeltä, mutta hän viittasi tyttärelleen, ja tämä nousi seisomaan ja käveli kaukaiseen kulmaan, jossa hän kuiskasi Adrianan kanssa jonkin aikaa soturin kuuloetäisyydellä.

Hän ei ollut kiinnittänyt paljoa huomiota kääpionaiseen tähän asti, koska hän ei ollut puhunut kertaakaan Yasiminan kanssa käydyn keskustelun aikana, tai varmasti sen jälkeen, kun hän oli tullut huoneeseen.

Hän näytti nuorelta, vaikka hän ei ollut aivan varma, mitä tämä merkitsi kääpiölle.

Hänellä oli harmaansininen mekko, jonka hamehelma oli melkein lattiaa pitkin.

Hänen paksu hopea- ja kultakaulakorunsa sekä vasemman ranteen ympärillä oleva rannekoru olivat selvästi kääpiöiden taitavan käsityön tulosta.

Hän oli blondi, hiukset punoksissa ja hänen rodulleen tyypillinen vaalea iho.

Huolimatta hänen jäykästä vartalostaan ja melko paksuista käsistä ja jaloista, hän arveli, että häntä voitiin pitää varsin viehättävänä, ja ehkä kääpiömiehet ajattelivat niin.

Hän ajatteli, että Snagg aikoi olla yksin talossa hänen kanssaan tänä iltana ja hänen perheensä kanssa kaukana.

Jos se olisi ollut hän ja jos hän olisi ollut ihminen tai haltia, hän oli varma, kuinka tämä yö päättyisi.

Mutta kuten asiat olivat, en voinut kuvitella, että mitään tapahtuisi.

Hän epäili, että kääpiöt menettivät jopa kultaiset mahdollisuudet sellaisina, ja luultavasti siksi Othan ei vaikuttanut huolestuneelta mahdollisuudesta.

Hän oli enemmän huolissaan siitä, että Adriana aikoi lähteä antamatta hänelle enää mitään yhteyttä häneen, mutta sitten hän tajusi, että kaikki, mitä hän sanoi Astridille, sai kääpiön punastumaan, ja katsokaa häntä. hänen perheensä, joka onneksi katsoivat pois tuolloin, kun he olivat palanneet keskustelemaan Snaggin kanssa.

Luultavasti, hän ajatteli, kääpiön punastumiseen ei myöskään tarvinnut paljon, mutta kun hän näki kauppiaan ojentavan pergamentin Astridille ja katsovan vuorotellen itseään Conania, hän oli jo varma, mitä tämä oli hänelle kertonut.

Näytti siltä, että kääpionainenkin kykeni tulkitsemaan muistiinpanon takana olevan tarkoituksen, kun hän näki kuinka häntä hämmensi pelkkä sen hyväksyminen.

Heidän kulttuurissaan asioita ei yksinkertaisesti tehty niin.

Sen jälkeen Adriana lähti, sulki oven perässään ja palasi klaanisaliin.

Astrid suuntasi takaisin pöytään, seteli toisessa kädessään hänen selkänsä takana, missä muut eivät nähneet sitä, kun taas hänen silmänsä olivat rypistyneet ja näytti vieläkin pidättyneemmältä kuin ennen.

Mitä tahansa Snagg oli sanonut, oli ilmeisesti saanut vanhemman kääpiön hyväksynnän, kun he kättelivät, ja keskustelu oli kääntynyt sosiaalisempiin asioihin.

Kääpiösoturi ilmeisesti tunsi perheen, ja nyt kun yritys oli ohi, hän halusi puhua siitä.

Koska hänellä ei ollut enää mitään muuta häiritsevää häntä, Conan joutui kuuntelemaan hänen mielestään hirveän ikäviltä tarinoita kääpiöklaaneista ja heidän asioistaan, mutta hän arveli, että kääpiösoturilla oli hyvin vähän mahdollisuuksia keskustella kaltaisensa ihmisten kanssa. ei häirinnyt häntä, että nyt kun hänellä oli mahdollisuus tehdä se, hän teki sen.

Lopulta kaikki nousivat seisomaan.

Kääpiöt vaikuttivat nyt ystävällisemmiltä ja vähemmän muodollisilta kuin ennen.

Ehkä he olisivat hyödyllisiä liittolaisia.

Kun he lähtivät, Astrid painoi kiireesti pergamentin käteensä ja katsoi ympärilleen varmistaakseen, ettei häntä ollut näkynyt.

Lähdettyään hän avasi muistiinpanon ja luki sen.

Se oli kaupungin ihmisosassa sijaitsevan talon osoite, ja huomisen päivämäärä oli merkitty muistiin.

* * *

Snagg saapui muurarin talolle pian auringonlaskun jälkeen.

Hänelle oli paljon helpompaa kävellä kääpiökorttelin säännöllisillä kaduilla kuin muun Tarantian kiemurtelevilla kujilla, mikä muistutti häntä hieman kotimaansa suuresta maanalaisesta kaupungista.

Hän ei ollut yllättynyt siitä, että Othan oli vain suostunut luovuttamaan suunnitelmat toiselle kääpiölle.

Oli monia asioita, joita ei pitänyt jakaa ulkopuolisten kanssa.

Mutta jos tässä olisi uhka, hänen täytyisi käsitellä sitä kustannuksista riippumatta.

Tiesin, että matka olisi nopea.

Hänen piti vain kerätä heidän laatimansa asiakirjat ja lähteä sitten.

Conan sitä vastoin oli lähtenyt rauhallinen hymy kasvoillaan, eikä palannut ennen aamunkoittoa.

Kaikki inhimillinen ja haltioiden huoli sellaisista asioista tuntui hänelle hieman sopimattomalta, ja oli hyvä olla niiden ihmisten joukossa, jotka tiesivät paremmin kuin puhua sellaisista asioista.

Onneksi Astrid ymmärsi.

Conanilla oli luultavasti jo sellaisia likaisia ajatuksia siitä, mitä voisi tapahtua muurarin talossa tänä iltana, mutta jos on, hän tuskin voisi olla enemmän väärässä.

Astrid oli epäilemättä varsin viehättävä, mutta hän oli hänelle vähän nuori, ja joka tapauksessa hänen puoleltaan olisi ollut paljon järjestelyjä, jos hän olisi halunnut seurustella häntä.

Kääpiöt, toisin kuin ihmiset tai tontut, eivät yksinkertaisesti toimineet niin, ja se oli merkki luottamuksesta, etteivät Othan ja Rimir olleet edes vaivautuneet huolehtimaan sellaisista asioista.

Se, että kaksi vastakkaista sukupuolta olevaa ihmistä oli samassa rakennuksessa yhdessä, ei välttämättä tarkoita, että he yrittivät... no, lisääntyä.

Talo näytti tyypilliseltä useimmille muille lähistöllä oleville, mutta Snaggin harjoitettu silmä pystyi erottamaan korkeimman laadukkaan kiven, kuten Othanin aseman ja ammatin kääpiölle sopi.

Se oli myös hieman suurempi, ja siinä oli kalteva liuskekivikatto, merkki kauppiassuvun varallisuudesta.

Hän koputti oveen ja valmistautui ilmoittamaan nimensä ja tarkoituksensa, kun Astrid avasi oven.

Vain, se ei ollut Astrid; Se oli Adriana.

Snagg oli hämmentynyt ja heti hereillä.

Eikö hänen pitäisi olla Conanin kanssa nyt?

Vai oliko hän tulkinnut väärin, mitä soturi teki tänä iltana?

Tuntui hänestä epätodennäköiseltä, mutta tietysti aina oli mahdollista, että hän oli tavannut jonkun muun toisaalta.

Adriana oli ilmeisesti Bardalf-klaanin ja erityisesti Othanin luotettu ystävä, ja itse asiassa hän oli jopa kuullut hänen nimensä aiemmin.

Hän oli kauppias, joka työskenteli usein kääpiöiden kanssa ja auttoi myymään heidän tuotteitaan ihmismarkkinoille, erityisesti Tarantian ulkopuolella.

Joten sikäli kuin hän tiesi, hän saattoi luottaa häneen.

Hänen läsnäolonsa täällä oli kuitenkin lievästi sanottuna outoa, ja hän oli huomannut, että hän oli käyttänyt jonkin aikaa seikkailijoiden mittaamiseen heidän saapuessaan.

Conan saattoi ajatella, että hän vain katsoi häntä, hänen mielessään joskus yksittäinen ajatus, mutta myös Snagg oli löytänyt itsensä hänen katseensa alta.

Mitä hän todella halusi?

"Snagg", hän sanoi, "tule sisään. Olimme juuri lopettaneet syömisen. Rakastan kääpiökeittoa. Muuten, kaikki asiakirjat ovat valmiina sinulle alakerrassa. Tai niin minulle sanotaan, ilmeisesti en saa nähdä ne!"

Se vaikutti uskottavalta, mutta jotenkin hänen sanansa eivät vaikuttaneet täysin todelta.

Hän salasi jotain, mutta mitä?

Hän kantoi vain tikaria, koska sillä oli turha vaeltaa kaupungin kaduilla täydessä haarniskassa ja aseissa, mutta se oli suuri, ja hän oli taitava sen käytössä.

Hän painoi salaa kättään häntä kohti, valmiina tarttumaan häneen tarvittaessa, mutta siitä huolimatta hän astui taloon.

Heitä ympäröivät kääpiöt, ja tämän pitäisi olla turvallinen osa kaupunkia... mutta jotain outoa tapahtui, jotain mitä hän ei oikein ymmärtänyt.

Ja soturina oli vain yksi tapa valmistautua siihen.

Sisältä talo oli järjestetty tyypilliseen kääpiötyyliin.

Pohjakerros oli upotettu hieman katutason alapuolelle, ja suurin osa tilasta vei yhden hengen huoneen, jonka takana oli keittiö ja yläkertaan kierreportaat.

Adriana kuitenkin suuntasi välittömästi alas johtavia portaita kohti, ikään kuin odottaen minun seuraavan häntä.

Tietysti kääpiötaloissa, jopa ihmiskaupungeissa, oli isot kellarit, mutta miksi ei luovuttaisi asiakirjoja tänne?

Ja missä Astrid oli?

Hän seurasi häntä portaita alas ja huomasi heti oudon hajun.

Se oli mausteinen, mausteinen vähän kuin suitsuke, mutta en voinut tunnistaa mitään.

Hänen kätensä oli nyt tikarillaan varovaisena vaarasta.

Se ei ollut örkkien haju tai mikään vaarallinen, itse asiassa se näytti jopa melko miellyttävältä.

Mutta hän ei ollut paikallaan täällä, ja se huolestutti häntä.

"Tätä päin", kauppias sanoi ja astui huoneeseen käsi edelleen tikarilla.

Oli pimeää, ja siinä oli vain pieni parranajovalaisin, mutta hänen silmänsä olivat luonnollisesti sopeutuneet hämärään valoon, ja hän huomasi pian yksityiskohdat.

Se oli makuuhuone, monille kääpiöille tyypilliseen kellarityyliin, jossa he saattoivat nukkua kiinteän kiven ympäröimänä.

Vielä tärkeämpää on, että Astrid ei ollut täällä.

Hän kääntyi vain huomatakseen, että Adriana oli sulkenut oven ja nojasi nyt sisäpuolelle ja esti ainoan uloskäynnin.

Yhdellä kädellä hän sytytti yöpöydällä olevan lattialampun, keltaista valoa levisi huoneen poikki.

Haju oli nyt voimakkaampi, mikä sai hänet tuntemaan olonsa oudolta.

Hänen tuoksunsa kihelmöi hänen nenänsä ja sai hänet tuntemaan olonsa kuumaksi, melkein hikiksi, aivan kuin hän olisi syönyt mausteisen aterian.

Tämä sumensi hänen ajatuksensa, mutta se ei saanut hänestä heikkoa tai sairasta oloa.

Itse asiassa hän tunsi olevansa melko kykenevä, energinen.

"Mitä täällä tapahtuu?" Hän sanoi hampaiden puristuksissa ja heitti tikarin puoliksi pois.

Hän oli aseeton, eikä huoneessa ollut ketään muuta.

Se ei olisi vaikea taistelu, jos se tulisi siihen, ja hänen tietääkseen hän ei ollut edes taikuri.

Näytti epätodennäköiseltä, että hän yritti hyökätä tai vangita häntä, joten mikä hänen suunnitelmansa tarkalleen oli?

"Ei tarvita veistä", Adriana sanoi edelleen nojaten ovea vasten, "et ole missään vaarassa. Myönnän, että olen hieman epärehellinen... mutta ystäväsi Conan tulee pettymään, ei Juuri nyt Hänen pitäisi kerätä Astridin asiakirjoja, mikä ei valitettavasti saanut hänet luulimaan tekevänsä. Olisin antanut sinulle asiakirjat itse, mutta hän todella halusi pitää kiinni. vaikka... No, hän ei anna niitä kenelle lupasi."

Snagg rypisti kulmiaan yrittäen olla huomioimatta hajua, jonka hän nyt ymmärsi, että sen täytyi tulla pienestä parranajosta.

"Se ei vastaa kysymykseeni: mitä sinä teet? Miksi haluat minut?"

"Ah, kyllä", hän sanoi punastuen hieman, ellei suitsuke koskenut häneenkin, "se on kysymys."

Hän nielaisi hieman ja laittoi kätensä selkänsä taakse.

Snagg jäykistyi hieman, mutta hän oli nähnyt naisen seuraavan häntä portaita alas; Minulla ei ollut siellä mitään piilotettua, ellei se ollut erityisen pieni.

Neula? Ehkä, mutta luultavasti ei paljon enempää.

"Olen työskennellyt kääpiöiden kanssa pitkään", hän sanoi, mutta ei vieläkään päässyt asiaan: erittäin ärsyttävä ihmisen piirre. "Ja olen kehittänyt todellista kiintymystä kansaasi kohtaan. En valehtele sanoessani, että pidän kääpiökeittiöstä. Mutta on joitain kääpiökeittiöitä, joita minulla on tuskin ollut mahdollisuutta kokeilla."

Hän leikki jollakin selkänsä takana, mutta mitä tahansa, hän ei nähnyt sitä.

Outoa oli, että hän ei vaikuttanut aggressiiviselta.

Ehkä hermostunut, mutta vielä enemmän innostunut.

Hänen äänensävynsä oli melkein ystävällinen, ei uhkaava.

Snagg ei todellakaan voinut ymmärtää hänen käytöstään ollenkaan.

"Kääpiömiehet ovat vahvoja, voimakkaita, niillä lihaksikkaat kädet ja vartalot", hän jatkoi, hänen äänensä oli yhtäkkiä oudon käheä. Mitä tekemistä sillä oli...? ja sitten hänen ajatuksensa pysähtyi siihen, kun hän tajusi mitä hän teki takanaan.

Hän irrotti mekkonsa takaosassa olevia nauhoja.

Hän liukui toisen käden pois hänestä ja sitten toisen ja veti sen alas lantionsa yli ja kohtaa jalkojensa juuressa.

Alapuolella hänellä oli pitkä valkoinen vaihto, lähes hihaton ja syvä pääntie.

"Ymmärrätkö nyt miksi olet täällä?" hän kysyi: "Ja tietysti, miksi tarvitsin petosta? Ilman sitä minulla ei olisi koskaan ollut mahdollisuutta."

Hän olisi voinut juosta ovelle, mutta hänen olisi pitänyt siirtää se pois tieltä.

Ja koska hänellä oli yllään vaatteet, jotka eivät olleet enää täysin kunnollisia, hänen koskettaminen saattoi antaa hänestä väärän vaikutelman.

Lisäksi hänen täytyi vain kieltäytyä.

Se oli todella niin yksinkertaista... eikö niin?

"Mutta... olet ihminen", hän sanoi kauhistuneena naisen röyhkeästä lähestymistavasta. "Ei... ei tietenkään... jos tunnet kansani, sinun pitäisi tietää tämä! Se on vain sitä..." hän änkytti, ei pystynyt ajattelemaan mitä muuta sanoisi.

"Etkö pidä minua ollenkaan viehättävänä?" hän sanoi leikillään, potkaisi kenkänsä jaloistaan ja eteni ovesta, ohut lipsahdus tarttui hänen käyriinsä ja kumartui sitten hieman eteenpäin näyttääkseen dekolteensa.

"Älä ole... Tarkoitan, että olet..." hän yritti protestoida ja selittää, että hän oli väärän muotoinen, vääränpituinen, että hänen leukansa oli liian pyöreä, hänen vyötärönsä liian ohut ja hänen raajat. liian pitkä.

Mutta petollisesti hän alkoi tuntea vatsaa katsoessaan häntä.

Hänen vartalonsa käyrät olivat erilaisia, mutta jotenkin miellyttäviä.

Hän ei ollut koskaan tuntenut tällä tavalla ihmisnaisen kanssa, eikä hän voinut kuvitella, miksi hänestä nyt tuntui siltä.

Hän hikoili, ja hänen tikarinsa lipsahti hänen epäröivästään kädestä ja liukui takaisin tupeensa.

Mitä hänelle tapahtui?

Hän ei ollut liikkunut paikaltaan, ja hän jatkoi etenemistä häntä kohti.

Hän saattoi juosta nyt hänen ympärillään, mutta jostain syystä hänestä tuntui, ettei hän voinut liikkua.

Se ei ollut kirjaimellinen halvaus, mutta hänen mielensä oli kiihtynyt, eikä pystynyt ajattelemaan kunnolla.

Hän nappasi hänet kiinni ja seisoi vain muutaman askeleen hänen edessään.

Hänen näkönsä oli juuri hänen navan yläpuolella, ihmisnaisen ohut, pitkänomainen vatsa.

Hän piti silmänsä kiinni, puristi ja puristi käsiään ja yritti tehdä päätöksen siitä, kuinka toimia.

Hän polvistui, hänen kasvonsa nyt enemmän tai vähemmän hänen kanssaan, hänen siniset silmänsä olivat leveät tunteesta, hänen huulensa hieman auki.

Hän vältti katsomasta alas tuota matalaa yhdistelmää ja kirosi tunnetta nivusissaan, joka sai hänet tekemään niin.

"En usko, että olet täysin vilpitön", hän sanoi, "ja se ei tarkoita, että olisin ollut rehellisyyden julistelapsi tänään, myönnän. Mutta katsotaan nyt..."

Hän kurkottaa eteenpäin, kurkottaa solmua hänen hihattoman pehmustetun nahkatuniikan yläosassa, avaa sen taitavasti ja työntää sen sitten takaisin hänen käsivarsilleen, kunnes se putoaa hänen takanaan olevalle kivilattialle.

Hän puristi kätensä uudelleen, haluten työntää häntä, mutta ei halunnut samaan aikaan.

Hän tiesi, että tämä ei ollut oikein ja että hän voisi pysäyttää hänet milloin tahansa, mutta hän ei näyttänyt pystyvän siihen.

Hän nosti nyt hänen paitaansa, nosti sitä hänen rintansa yli, mutta hän ei kuitenkaan vastustanut, vaikka tiesi, että hänen olisi pitänyt.

Hän laittoi sen hänen päänsä yli ja heitti sen, ja hän otti askeleen taaksepäin tahattomasti, ikään kuin äkillinen liike olisi selventänyt hänen päätään hetkeksi.

Hän räpäytti silmiään, kun hikihelmi putosi alas hänen kasvoilleen.

Suitsukkeen tuoksu oli... kyllä, sen täytyi olla niin, hän yhtäkkiä tajusi!

"Afrodisiakki?" Hän nyökkäsi uunin suuntaan.

"Ah, kyllä... katsos, luulin, että saatat tarvita hieman rohkaisua. Rentoutusta noista kuuluisista kääpiöestoista. Mutta se ei voi saada sinua tekemään sitä, mitä et halua. Jos tunnet itsesi todella hylätyksi minulta, tunnet olosi kuumaksi, ja siinä kaikki tapahtuisi."

Hänen silmänsä kulkivat hänen vartalonsa yli, nyt alasti vyötäröstä ylöspäin.

"Olet itse asiassa lihaksikas", hän sanoi jälleen käheällä äänellä, "sinä näytät erittäin miehiseltä, Snagg."

Hän ojensi kätensä, melkein varovasti, ja hyväili hänen rintaansa, pujoten sormensa hänen hiuksensa ja kiinteiden rintalihasten läpi.

Hän tunsi erektionsa kasvavan, nyt melkein rasittuen hänen remmiensä kiinteään materiaaliin.

Hänen täytyi vastustaa, hänen täytyi...

Hän sulki silmänsä työntäen kuvan hänen tuskin pukeutuneesta ruumiistaan pois mielestään.

Varmasti, jos hän ei vastaisi hänen kosketukseensa, hän lähtisi varmasti?

Kankaan kahinaa kuului, mutta hän ei silittänyt häntä uudelleen, ja hän piti silmänsä tiukasti kiinni.

"Etkö halua katsoa?" Hän sanoi, ja itsestään huolimatta hän katsoi.

Hän oli astunut ulos lipastaan, polvistuen hänen edessään ja nyt hänellä ei ollut yllään muuta kuin silkkialushousut, jotka olivat paljon lyhyempiä kuin mikään kääpionainen voisi käyttää.

Hänen vyötärönsä oli ohut, hänen vartalonsa sileä ja karvaton, enemmän tiimalasin muotoinen kuin kääpiöllä.

Hänen rinnansa riippuivat löysästi nyt, vaaleanpunaiset nännit täysin turvonneet.

Hänen silmänsä keskittyivät kouralliseen vaalean pisamia hänen harteillaan ja solisluunsa, ja sitten hän pakotti katseensa ylös ja pois, kohti hänen kasvojaan.

"Luulen, että pidät minusta, eikö niin? Eikä se voi olla vain hajuvettä. Se ei toimi niin."

Hän kupli rintojaan, juoksi käsillään niiden yli, hieroi turvonneita nännejä samalla kun hänen petolliset silmänsä katselivat jokaista liikettä.

Hänen erektionsa tuntui nyt valtavalta, hallitsemattomalta.

Tämän pitäisi varmaankin loppua pian?

"En ole..." hän aloitti yrittäen selittää saadakseen hänet näkemään tilanteen hyödyttömyyden. "Sinä olet ihminen, ja minä olen kääpiö. En vain voi!"

"Hmm..." hän sanoi, "se ei vaikuta minusta siltä."

Yhtäkkiä hän kurkotti alas ja tarttui hänen haaraansa, kupahti hänen turvonnutta erektioaan pehmeän nahan läpi, puristaen hänen pallojaan hieman samalla kun hän teki niin.

Hän murisi tahattomasti, ei pystynyt auttamaan itseään.

Hänen kalunsa tuntui kuin se olisi halunnut räjähtää.

"Ei, luulin niin", hän sanoi yksinkertaisesti.

Sanat olivat nyt hänen ylitse, hän ei voinut ajatella mitään sanottavaa.

Hän ei voinut millään tavalla kiistää, että hänen ruumiinsa reagoi samalla tavalla kuin minkä tahansa kääpionaisen kanssa, olipa hänen henkilökohtaisesti hämmentynyt.

Ehkä hän ajatteli, että hän oli valehdellut afrodisiaakkihajuveden voimasta, ehkä se inspiroi ajatuksia, joita normaalilla ihmisellä ei muuten olisi ollut.

Ehkä se jopa toimi eri tavalla hänen omassa rodussaan kuin ihmisissä.

Syvällä sisimmässään hän kuitenkin tiesi, että se ei ollut totta.

Hän pysyi liikkumattomana, yhä seisomassa, jäykkänä, kun hän irrotti hänen vyönsä ja antoi sen pudota tikarin kanssa maahan.

Naisen sormet kurottivat hänen remmiensä pitsiä, ja lopulta hän liikkui tarttuen hänen ranteeseensa.

"Ei..." hän onnistui sanomaan, melkein karina.

"En usko, että tarkoitat sitä", hän sanoi, "ja olen tullut liian pitkälle luovuttaakseni nyt."

Hän kohotti vasemman kätensä hitaasti siirtäen sen siihen, missä hän piti toista.

Hän irrotti varovasti hänen kätensä hihnoista, ja tällä kertaa hän pysyi paikallaan, hänen silmänsä katsoivat hänen kättään kuin hän olisi kiehtonut, mutta ei tehnyt mitään estääkseen häntä.

Hieman kömpelösti hän irrotti narun, ja hänen oikea kätensä vapautui hänen jo ennestään hikoilusta ja nopeasti heikkenevästä otteesta.

Hän tarttui hänen pikkuhousuihinsa toisesta sivusta ja veti ne yhdellä liikkeellä alas ja veti hänen alusvaatteet polvilleen.

Hänen kukkonsa ponnahti, vihdoin vapaana, nousi esiin paksusta häpykarvojen massasta.

Hän ei sanonut aluksi mitään, katseensa kiinnittyneenä palkintoon.

Hän vapisi, syyllisyys ja häpeä nousivat hänen sisällään, mutta hän ei kyennyt hallitsemaan tuntemaansa voimakasta himoa.

Hän ojensi kätensä, ja hän murisi puristettujen hampaiden läpi, kun hän otti kalunsa toisesta kädestä, liukuen palloja pitkin kärkeen ja juoksi peukalolla hänen esinahan yli.

"Se on täysin ihmisen kokoinen", hän kuiskasi, "mietin, miltä sinä näytät."

Hän päästi hänet irti ja nousi seisomaan nostaen hänen silmänsä jälleen rintakehän pohjan tasolle.

Tällä kertaa hän katsoi itsestään huolimatta ylös ja katseli hänen rintojaan nousevan ja laskevan juuri hänen päänsä yläpuolelle.

Toisella nopealla liikkeellä hän riisui viimeisetkin jäljellä olevista vaatteistaan ja kääntyi sitten pois hänestä ja käveli sänkyä kohti.

Hän kiipesi sen päälle, lepäsi eteenpäin käsillään ja polvillaan, rinnat roikkuivat ja pakarat ilmaan.

Kääpiösänky oli tietysti hänelle liian lyhyt, ja siinäkin asennossa hänen jalkansa levisivät matalan pohjalaudan päälle.

Hänen takapuoli oli häntä päin, ja hän levitti pitkät jalkansa paljastaen hänen vaaleanpunaisen, turvonneen häpynsä.

Hän oli melkein karvaton siellä, ja hän näki hänen kosteuden lampun valossa.

Hän hengitti raskaasti, hänen rinnansa liikkuivat ylös ja alas samalla kun hän teki niin.

"Ovi ei ole kiinni", hän sanoi, vaikka hän ei ollut koskaan ajatellut, että se voisi olla. "Voit lähteä nyt, eikä kukaan koskaan saa tietää. Tai voit toteuttaa villeimmän unelmani. Se", hän jatkoi katuneena, "on sinun valintasi nyt."

Hän katsoi ovea ja vaatteet kerääntyivät sen ympärille.

Olisi niin helppoa heittää vaatteensa takaisin ja kävellä pois.

Mutta sillä hetkellä hän tiesi, ettei halunnut tehdä sitä.

Hän huusi lyhyesti, sanattomasti ja kumartui riisumaan saappaansa ja otti viimeiset vaatteensa mukaansa.

Alastomana hän juoksi huoneen poikki ja hyppäsi sängyn selkänojalle.

Kuinka hän kehtaa kohdella häntä näin? Nyt aioin näyttää hänelle!

Hän seisoi patjalla ja katsoi hänen selkäänsä, poninhäntä osittain hänen vartalonsa poikki ja sitten riippui sivulle.

Hän käänsi päänsä häntä kohti, katsoen ensin takaisin omiin kasvoiinsa, ikään kuin arvioiden hänen tunteitaan, ja sitten hänen pullottavaan kaluonsa, joka nyt kohoaa juuri hänen pakaroidensa yläpuolelle.

"Kyllä..." hän sanoi, sana melkein juuttui hänen kurkkuunsa.

Hän tarttui naisen vyötäröstä molemmin käsin tunteen pehmeän ihmisen ihon ja nosti hänet lantionsa tasolle.

Hänen polvensa nousivat vapautuakseen sängystä, kun hän teki niin, ja hän käytti tilaisuutta hyväkseen siirtää jalkansa sängyllä painaen varpaansa puulautaa vasten tukeakseen.

"Älä pilkkaa kääpiösoturia", hän sanoi hänelle lujasti, "tai tunnet hänen keihään."

Hän katsoi alas hänen märkää pillua, hänen sykkivä kukko tuskin tuuman päässä, ja sitten hän yhtäkkiä veti hänet itseään kohti, työntäen lantiotaan eteenpäin samalla liikkeellä, uppoaen syvälle pilluaan.

Hän huusi, puhtaan nautinnon kovaa huutoa.

Hänen oma kiihottumisensa oli voimakasta, hänen pehmeä pillunsa tunne hänen kukkonsa ympärillä jopa parempi kuin hän oli kuvitellut.

Hän vetäytyi ulos, työntyi sitten häneen uudestaan ja uudestaan, tarttuen hänen lantionsa tiukasti, kaivoen sormensa hänen pyöreisiin pakaroihinsa.

Adriana huokaisi pitkän omansa, silmät suuret intohimosta, hiki valui hänen otsaansa pitkin.

Aluksi hänen murisensa oli sanatonta, melkein aggressiivista tenorissaan, mutta sitten hän löysi äänensä uudelleen.

"Sinä... tunnet... mitä... se tarkoittaa..." hän huokaisi ja työnsi turvonneen kalunsa yhä uudelleen hänen tiukkaan kuumuuteensa, "olla... kääpiö... ja... ihminen... ei... pysty... tyydyttää sinua... näin... taas."

Hän ei ollut edes varma, kuuliko hän häntä, sillä hänen mielihyvän voihkauksensa olivat nyt hyvin voimakkaita ja pitkiä.

Hän jatkoi lyömistä häneen, lihaksikkaat käsivarret ja pakarat työskentelivät yhdessä lyömään häntä.

Hänen rinnansa vapisi, hänen koko kehonsa tärisi hänen toiminnan voimasta.

Hänen jalkansa tärisivät, mutta pitivät silti kiinni, painoivat kovasti sänkyä vasten, kun hänen kukkonsa työntyi sisään ja ulos hänen märästä pillusta.

Hän tunsi olevansa vapautumisen partaalla ja lisäsi pumppausvauhtiaan entisestään, mikä sai Adrianan avoimesta suusta entistä enemmän hurmioituneita valituksia.

Lopulta hän julkaisi vanhan kääpiön sotahuudon, ja yhdellä viimeisellä painalluksella hän tunsi olevansa kumartunut, spurtaen kuumaa kääpiötä hänen heikkoon, ihmisemättimeen.

Hänen pillunsa kouristeli ja tarttui häneen, kun hän ravisteli oman äkillisen orgasminsa kouristuksia, kunnes lopulta he molemmat romahtivat uupuneiden, hikoilevien ruumiiden kasaan.

TARINA JATKUU:
CONAN BARBAARI
KOLMAS OSA

www.ingramcontent.com/pod-product-compliance
Lightning Source LLC
Chambersburg PA
CBHW031417160726
47993CB00003B/1277